U0058529

一共有四隻兔子藏在圖裡頭，
有兩種不同樣式喲！睜大眼睛找找看吧！

怪奇漢方桃印 3
木偶娃娃心丹大反撲
文 廣嶋玲子
圖 田中相

怪奇漢方桃印 3

目錄

第一章　鐵雞藥卵　7

桃公的中藥處方箋之一　67

第二章　木偶娃娃心丹　69

第三章　獸心人語糖　143

桃公的中藥處方箋之二 181

第四章　十二生肖的除夕 183

桃公的中藥處方箋之三 196

用《怪奇漢方桃印》藥方，得同理、換無悔（文／林怡辰） 198

那些不好受，擊不倒你的！（文／胡展誥） 201

跟著桃公一起動動腦（文／黃百合） 204

右下角的頁碼占卜

使用方法

這次是中國式占卜！翻開的那一頁，就是你的今日運勢喲！

大吉籤……超級幸運
上上籤……幸運
中上籤……普通
下下籤……不幸

本書人物介紹

桃公

仙人

本名／桃仙翁
隨著神奇的鈴聲出現的
中藥郎中。
其實他是桃源鄉最厲害的大仙人！
據說……他的年紀是幾十萬歲！
他身上背的大木箱也有祕密？！

專長：調配
可以實現各種願望
的神奇中藥。

瑪珂茉

神

十二地支／卯
溫柔的兔女神，外表
看起來像中學生……

玖佚

神

十二地支／丑
身材高大的牛女神，
內心很溫暖。

俐恩

神

十二地支／巳
溫柔文靜的
蛇女神，
經常在
桃源鄉唱歌。

青箕

神

十二地支／辰

在桃源鄉的清泉中生活的龍神。

雖然毒舌、愛冷嘲熱諷，

但面對桃公可能……就沒輒了？

在人類的世界，

會以壁虎的姿態現身！

專長：

打雷，引起暴風雨。

翼哲

神

十二地支／午

身強體壯的馬神，

在桃源鄉內，

他跑得最快。

獅子頭妖婆

山中女妖

居住在深山中，

體型高大，肌肉飽滿結實。

看起來像是一個可怕的老奶奶，

不過其實是醫生！

延啟

神

十二地支／申

桃源鄉內身手最矯健的神，在桃源鄉時經常戴著猴子面具。

楔子

有一個老爺爺留著粉紅色鬍子，背了一個大木箱，肩上有一隻青白色壁虎，今天往東，明天往西，在日本各地走透透。

如果有幸遇到這個爺爺，他一定會對你說——

我有一帖中藥可以澈底解決你的煩惱。

然後，就會調配出神奇的中藥。

第1章 鐵雞藥卵

「我今天絕對要找到！」六歲的恭平來勢洶洶的說。

恭平家附近有一個海岸，海岸邊有許多小石頭，看起來並沒有很美。由於這裡不是沙灘，所以不能玩沙子，也很少有機會撿到漂亮的貝殼。

但是，海水會帶來美麗的東西，那就是——翡翠。不管是白色或綠色的寶石會隨著海浪一起被打到海岸上。

只不過撿翡翠必須靠運氣。有些人瞪大眼睛連續找了好幾天，也一無所獲；但也有來這裡玩的觀光客，不到一個小時，就撿到了漂亮的翡翠。

恭平屬於前者。他很想撿到翡翠，但到目前為止，他從來沒有撿過。他覺得很不甘心。

昨天幼兒園的同學信也在恭平面前炫耀撿到的翡翠。那塊翡翠差不多像日幣五百元硬幣的大小，白色的底色上有一條很鮮豔的綠線，看起來像貓的眼睛，真是太迷人了。

「這是我昨天撿到的，很厲害吧？大家都說，很少有這麼漂亮的綠色翡翠呢。」

不服輸的恭平一聽到信也的話，就感到火冒三丈。

他和信也在班上本來就是競爭對手。現在競爭對手居然拿出了自己很想要的翡翠，他當然無法保持沉默。

於是，他對信也說：「我一定會找到更漂亮的！」

信也聽了，瞪著他說：「那你就在下個星期一之前去撿來啊！如果沒有撿到的話，以後你就叫我『信也老大』。」

「好啊，如果我也能撿到很漂亮的翡翠，那你就要叫我『恭平老大』。」

「沒問題，一言為定！」

於是，他們有了這個看起來有些愚蠢的約定。但對恭平來說，這是一場認真的比賽。

「沒問題，我一定可以找到漂亮的翡翠。」

六歲的恭平像是進入了「我是天下無敵」的模式一樣。

「我很厲害，什麼事都難不倒我。」恭平對自己說。

恭平的內心充滿了這種莫名的自信。

從那天開始，每天從幼兒園放學一回到家，他就去海岸邊找翡翠。但是，第一天、第二天都沒有發現翡翠，恭平內心越來越焦急。

「今天是星期六了，包含今天在內，距離約定的星期一只剩下兩天的時間了。……如果真的找不到，要不要乾脆帶外公給我的那個翡翠去學校？」恭平非常著急。

恭平的外公曾經在二十年前，撿到一塊很漂亮的翡翠，差不多有嬰兒的拳頭那麼大，而且整塊翡翠很透明，是像嫩葉般鮮豔的綠色。外公得意的說，當時還引起了轟動，大家都說從來沒有看過這麼漂亮的翡翠，甚至還有報紙報導呢。

外公說：「雖然這塊翡翠是我的寶物，但我要送給你。」然後把翡翠送給恭平。

恭平想，如果自己真的撿不到翡翠的話，到時候是不是就把那塊翡翠帶去給信也看，對他說：「你看看，我是不是很厲害啊？

我贏了！」

「不不不，這是作弊行為，我不可以做這種事。」可以的話，恭平不想用這種方式贏信也，所以他必須努力找翡翠，直到最後一刻都不能輕言放棄。

恭平一路想著這些事，終於來到了岸邊。

現在已經是十二月了，而且是清晨，海風很冷，海上起了濃濃的霧靄。

但海灘上還是有零星的人影，大家都來找翡翠。恭平覺得所有人都是自己的競爭對手。

「我一定要比他們更快找到翡翠才行。」恭平急忙瞪大眼睛準備尋找。

這時，他倒吸了一口氣，因為他看到了一個不尋常的人在海岸邊行走。

那是一個頭戴著一頂大草帽的老爺爺，他在淺棕色的農夫服外穿著花花的短褂，所以原本圓滾滾的身體顯得更圓了。他留著很長的粉紅色鬍子，還綁成麻花辮。

恭平忍不住盯著那個爺爺，無論怎麼看，都覺得這個老爺爺非比尋常，於是他決定跟在他的身後。

老爺爺在岸邊走著，不時彎下身體撿起什麼東西，然後放進手上的籃子內。

「他是在撿翡翠嗎？但他彎腰下去撿的次數也太多了吧！難道除了翡翠以外，他還會撿普通的小石頭嗎？」恭平對這個老爺爺更加好奇了。

好想知道這個爺爺到底是誰！

恭平忘了自己要撿翡翠的事，跟著老爺爺走了大約十分鐘。

接著，前方出現了一個桃色小帳篷，似乎有人在海灘上露營。

沒想到那個老爺爺卻逕直的走進帳篷裡。恭平躡手躡腳，悄悄走近帳篷，向裡面張望。

老爺爺正待在帳篷內，面前有一隻雞。

恭平看到那隻雞，忍不住瞪大了眼睛。因為那隻雞無論翅膀、腳和嘴都是用黑色金屬做的，但是，當老爺爺從籃子裡拿出小石頭遞到雞的面前時，那隻雞的脖子動了幾下，然後把小石頭吃了下去。

恭平發現自己的心臟撲通撲通跳了起來。

太厲害了，它簡直就像是一隻活生生的雞。他以前從來沒有看過這種機器雞。

這時，雞突然停止吃石頭，恭平只看到隨著「咕咕咕」的叫聲，它竟然生下一個蛋。

那是一個很漂亮的綠色雞蛋，顏色有點透明，卻又像是嫩葉般鮮豔。

恭平差一點跳起來。

「那個絕對是翡翠。令人難以置信，竟然有機器雞在吃了小石頭後，就會生出翡翠！」

但是，老爺爺臉上的表情卻很十分不悅，他拿起翡翠蛋，仔細打量之後，嘆了一口氣，「嗯，果然不行。不過這也沒辦法，只能再去找喲。」

老爺爺把蛋放進懷裡，拎著籃子，費力的站了起來。

恭平慌忙的繞到帳篷後面，所以當老爺爺走出帳篷時，並沒有看到他。

看到老爺爺走遠之後，恭平立刻走進帳篷裡。

他想仔細打量那隻神奇的雞。

「我只是看一下而已，又不是要做壞事。」他一邊自我辯解著，一邊走進了別人的帳篷。

帳篷內堆放了許多東西，有睡袋、有茶壺，還有泡麵，除此以外，還有一個大木箱、素描簿和色鉛筆，但恭平根本沒有看那些東西，他的眼中只有那隻機器雞。

他用手指輕輕摸了一下，機器雞完全沒有動。機器雞全身都是用金屬做的，看起來很酷，而且竟然會生下翡翠蛋。

「好想要啊，我好想要這個。要怎樣才能讓它屬於我呢？那個老爺爺為什麼會有這麼神奇的東西？」這時，恭平突然靈光一閃。

「我知道了！那個老爺爺一定是聖誕老人！所以才會有那麼長的鬍子，還擁有這麼神奇的機器雞！哇，太猛了！我竟然遇到了聖誕老人！」

恭平因為高興和興奮的關係，全身都熱了起來。

「該怎麼辦？要不要等那個老爺爺回來之後，問他：『爺爺，你是不是聖誕老人？』然後央求他：『我今年一整年都很乖，所以請你給我很多禮物？』」

「啊，對了！禮物！」恭平的腦袋閃過了一個想法……

雖然不知道聖誕老人來這裡的理由，但聖誕老人的工作就是送禮物給小朋友，這樣的話，要是恭平收下這個機器雞當禮物應該也沒問題吧？

「沒錯，一定沒問題。現在剛好是十二月，讓我早一點收到禮物也很正常。」

恭平想了想，覺得自己的想法真的太有道理了——而且他真的很想要這隻黑色的雞。

「好，就這麼辦！」

恭平拿起放在旁邊的素描簿和藍色色鉛筆。素描簿上畫了各種植物的畫，而且畫得很好。他快速翻了起來，終於找到了空白頁，他在上面留了言——

聖誕老公公：

這隻機器雞就當作是我今年的聖誕禮物。

「搞定了。」恭平放下素描簿和色鉛筆，然後拿起了那隻機器雞。機器雞比他想像中更輕。

「這樣帶回去也沒問題。」恭平走出帳篷，迅速向四處張望了一下，沒有看到那個爺爺。

「趁現在趕快把它帶回家，但我不是在偷東西，我只是提早拿聖誕禮物而已，我絕對不是在做壞事。」恭平這麼告訴自己，一路跑回家。

當他衝進自己房間後，才終於鬆了一口氣。雖然天氣很冷，但他渾身都是汗，只是他來不及換衣服，仔細打量那隻雞。

「這隻雞已經是我的了！」

恭平太高興了，他開始對機器雞說話：「你趕快下蛋，生很多翡翠蛋給我。」

但即使他一個勁拜託，或是用力戳，機器雞還是一動也不動。

恭平突然想起來了——

「對了，小石頭！如果不吃小石頭，就沒辦法生蛋。等、等我一下！」

恭平急急忙忙跑回海岸邊，撿了很多小石頭，塞滿了口袋。

然後，他又一路跑回家，不過，等待他的卻是一個意想不到的景況。

恭平回到自己房間後大吃一驚。

「咦？」

機器雞不見了，而且房間裡亂七八糟的。床上的被子和枕頭破了很多洞，繪本都被撕破，就連他最喜歡的英雄人偶的頭和手也都不見了。

「這、這是怎麼回事！」

看到房間裡一片大亂，他快哭出來了，但他還是想要先找到那隻雞。

這時，有一個奇怪的東西從床底下扭動著，慢慢鑽了出來。

那個東西差不多像籃球這麼大，看起來像是一團透明的紫色果凍，但它有一個眼睛。

那個眼睛看了恭平一眼後，就開始抖動著整團果凍，往恭平的方向移動。

「不妙！」恭平慌忙衝出了房間，用力關上了門。

「那、那是怎麼回事？」

就在這時……

「啊啊啊！」

他聽到媽媽的尖叫聲。

「媽媽？」

恭平慌忙跑去廚房，這次真的瞪大了眼睛。

那隻黑色的雞站在桌子上，但比剛才大了一倍，而且正大口吃著媽媽準備好的早餐，連盤子也都一起吃了下去。

媽媽拿著平底鍋，癱倒在地上。爸爸和外公也同時跑了過來，一看到眼前的景象，全都愣住了。

「這是什麼？」

「美美！你沒事吧？」

「我、我沒事，只是嚇了一跳……因為它突然出現在這裡。」

「這、這個東西是哪來的？走開！走開！」

爸爸膽戰心驚的想把機器雞趕走，但是……

機器雞瞪了爸爸一眼，就朝他飛了過去。

「啊啊啊！」爸爸慌忙逃走了。

恭平的外公拿了原本穿在腳上的拖鞋丟它，但也白費力氣。機器雞一口就把拖鞋吞了下去，然後「咕咕咕！」叫了一聲，生下一顆很大的黑色雞蛋。

黑色雞蛋在桌子上裂開了，一個像章魚腳的東西從蛋殼裡伸了出來，慢慢蠕動著，向房間四處伸展。

那隻黑色的雞完全沒有看雞蛋裡的東西，又開始吃電視。總之，它什麼都吃，什麼都能吞下肚。

「這是外星人！」

「美美！恭平！趕、趕快逃出去！快逃！爸爸，你也趕快逃出去！」

爸爸抓著恭平的肩膀，一起逃出了家門。機器雞沒有追上來，但家裡傳出了更可怕的噪音。

「乒乒乓乓。砰噹。嘎答答答！」

爸爸、媽媽和外公都嚇得臉色發白。

「趕、趕快報警！」

「我的手機留在家裡。」

「那、那就去向鄰居借電話！」

恭平忍不住哭了起來。

「我闖了一個大禍！」恭平心想，那隻雞一定會把家裡的東西都吃光。早知道就不應該帶那種東西回來，全都怪自己！

「啊啊，現在該怎麼辦？要怎麼向爸爸、媽媽道歉！」

恭平害怕不已，心臟都快從嘴裡跳出來了。

就在這時……

「啊呀啊呀，好像在這裡。」

他聽到一個慢條斯理的說話聲。回頭一看，那個粉紅鬍子的爺爺站在那裡。他背了一個木箱，腳下還有一隻看起來很聰明的棕色小狗。

恭平不由得緊張了起來。

「他為什麼會來這裡？他找上門了嗎？怎、怎麼辦！我果然不應該隨便拿走他的雞啊？激怒聖誕老人會有什麼下場？會不會一輩子都拿不到禮物了？啊啊，我不要、我不要！」

但是，他想躲也沒地方躲。恭平緊緊抱著媽媽的大腿，把臉貼在媽媽的大腿上，不讓那個爺爺看到。

這時，他聽到外公的聲音：「你……你是誰？」

「我是桃公，是中藥郎中喲。這裡是你們家嗎？我的東西好像在你們家裡，我可以進去確認一下嗎？」

「不，不，不！你現在最好不要進去！裡面有一隻很大的雞在搗亂。」

「它生出來的怪物也在裡面。」

爸爸也大叫著，但這個叫「桃公」的爺爺卻鎮定自若的點了點頭說：

「那隻雞是我的喲，你說的怪物，我也大致知道是什麼東西喲。如果不趕快處理，事態會更加嚴重，所以我就先進去喲。」

桃公說完，帶著那隻狗走進了家裡。

「好，鐵雞，不要鬧了，好了好了，你很乖，你很乖。」

屋內傳來了說話聲，乒乒乓乓的聲音也越來越小聲，最後終於完全安靜下來。

恭平和其他人都戰戰兢兢的向屋內張望。

那隻雞現在已經變得像沙發那麼大，桃公正坐在它的背上，剛才那個像章魚腳的怪物已經消失了。

「啊，現在已經沒問題了喲，請進來喲。」

桃公臉上帶著笑容，但爸爸、媽媽都板著臉。因為家裡亂成一團，電視和沙發都消失了，牆壁也有一半倒塌了，到處都是碎玻璃。

「太過分了……那、那隻雞是你的嗎？為什麼讓這麼危險的東西在外面亂走？」

媽媽怒目圓睜，走上前問，桃公搖了搖頭說：

「這不是我的錯喲，有人擅自從我的帳篷把這隻鐵雞拿走了，然後帶來這裡喲。」

「誰、誰做這種事？」

「這個嘛。到底是誰呢？……陶奧？」

前一刻還乖乖坐在地上的動物一聽到他的叫聲，立刻站了起來，用鼻子到處嗅聞之後，走到恭平的面前「汪！」了一聲。

所有人的視線都集中在恭平身上。

「恭平？」

「不是！不是我！」恭平不加思索的想說謊。他實在太害怕別人知道他偷了那隻雞，也害怕家人知道是他造成家裡一片混亂。

但是，恭平的舌頭僵住了，完全說不出半句辯解的話。

「恭平！」爸爸露出可怕的表情站在恭平面前。

「是你嗎？是你把那隻雞帶回家嗎？」

「啊、啊、我……」

「他說是你擅自從他的帳篷拿走，所以是你偷的嗎？」

「啊啊，被發現了。我完了。」恭平非常慌張。

恭平知道已經瞞不住了，便哭著說出一切的經過。他說了自己和信也比賽的事，所以無論如何都要撿到翡翠，以及他以為桃公是聖誕老人，所以覺得自己可以收下那隻雞當禮物。

恭平說完時，爸爸眉頭深鎖，媽媽和外公也一樣。

「對、對不起，真的對不起。……爸爸？」

「恭平，我對你太失望了，真的很失望。」

爸爸冷冷的說，這比狠狠罵恭平一頓更加可怕。恭平縮成一團，向媽媽和外公露出求助的眼神，但他們也都以嚴厲的眼神看著他。

恭平大受打擊，知道自己真的是闖了大禍。

早知道會有這樣的結果，還不如乾脆向信也認輸：「我輸了，以後我就叫你信也老大。」

但是，現在後悔已經來不及了。恭平成為家人眼中的小偷，而且是個愛慕虛榮、沒出息的小孩。

恭平再度哭了起來，眼淚撲簌簌的流個不停。

這時，又聽到桃公慢條斯理的聲音。

「你們罵得差不多了喲，我想把這個家恢復成原來的樣子，可以嗎？」

「啊？」桃公以外的人全都抬起了頭。

「恢、恢復成原來的樣子？」

「真、真的……真的有辦法做到嗎？」

「嗯，我的朋友應該可以做到喲。好，陶奧，你可以回去了，我要叫高古力出來。」

桃公對狗說完後，放下背在身上的木箱，打開蓋子。木箱裡有很多抽屜，簡直就像是衣櫃。

桃公打開最下方的抽屜，對著狗招了招手。

這時，發生了神奇的事。

狗的身體越縮越小，變成像豆粒般大的人，被吸進抽屜中。

不過，神奇的事還沒有結束。

桃公探頭看著抽屜說：「高古力，你出來幫我一下喲。」然後把手伸進抽屜裡。

「啊，太好了，原來你在那裡。嗯，你出來一下。來，跳到我手上。」

桃公說完，又把手拿了出來。他的手上有一隻像豆粒般大小的公雞。

公雞從桃公的手上跳了下來。當牠跳到地上時，變成了得雙手才能抱住的大小。

這隻公雞很漂亮。頭部到後背顏色像雪一樣白，背部以下像黑夜一樣黑。長長的尾巴也是帶有光澤的黑色，雙眼明亮，紅色的雞冠像火焰一樣。

「牠叫高古力，是酉年的年神，牠可以對時間動一點手腳喲。高古力，拜託你喲，把時間倒回去一點，讓這個家變成原來的樣子喲。」

公雞叫了一聲，好像是在回答桃公，然後又以更響亮的「咕咕咕！」叫了一聲。

公雞的叫聲鑽進耳朵深處，恭平感到有點頭暈。

他覺得自己的腦袋在晃動，腳下也在晃動，所有的一切都被捲入了旋轉的漩渦中。

然後……

當恭平回過神時，發現站在自己的房間內。

房間內整齊乾淨，被子和枕頭都完好如初，繪本、玩具都沒有遭到破壞。

恭平還不放心，往床底下探頭張望，發現剛才那團有一個眼睛的果凍也不見了。

一切都恢復了原狀。

桃公也在他的房間內，那隻漂亮的公雞站在他的帽子上，他的手上抱著鐵雞。鐵雞變成了原本的大小，靜靜的被他抱著。

恭平驚訝的小聲問桃公：

「我爸……爸媽呢？」

「不知道，應該在廚房喲。啊，我要告訴你，他們三個人並不記得剛才發生的事喲。因為那是接下來才要發生的事。你聽得懂我說的意思嗎？」

「嗯，我知道。」

時間倒轉，回到了混亂發生之前的時間，家裡不會被弄得亂七八糟了。

恭平鬆了一口氣，但他卻忍不住對桃公說：

「既然你有辦法做到這件事，應該在我被爸爸罵之前，就讓時間倒轉，這樣的話，我剛才就不會那麼難過了。」

桃公聽了，狠狠的瞪著恭平說：

「你在說什麼？你該好好反省一下。真該讓你看看，當時我得知這隻鐵雞不見的時候，有多緊張喲。」

「嗯……對不起。」恭平縮成一團向桃公道歉，「但是……我並不是想當小偷，請你相信我。我以為你是聖誕老人……才覺得向聖誕老人要禮物沒關係……因為我以前從來沒有看過機器雞會生下翡翠蛋。……聖誕老公公，對不起，我真心向你道歉，所以請你不要跟我說：『你以後一輩子都沒辦法收到禮物了。』」

桃公看到恭平拚命道歉，用力抓著臉頰說：

「啊呀啊呀，這真是天大的誤會。」

「誤會？」

「嗯，首先，我不是聖誕老人喲。而且，這隻鐵雞只是生了翡翠色的蛋而已，並不是生下翡翠喲。」

「啊，是這樣？」

「因為這是專門用來製作藥蛋用的活動偶人喲。」

恭平聽到這個從來沒聽過的名詞，忍不住偏著頭納悶。

「藥蛋？」

「你可以想成是蛋形的藥。首先，讓鐵雞吃各種藥草，藥草就會在鐵雞的肚子裡充分混合，接著就會變成蛋生下來。有些很難調配的藥，就要借助鐵雞的力量。」

「但、但是剛才的蛋裡出現了妖怪，那根本不是藥吧？」

「那是因為你讓它吃了奇怪的東西。無法成為藥材的東西，就會變成失敗的蛋。失敗的蛋很麻煩，因為沒辦法變成藥，所以就會帶著恨意亂搗蛋。」

「原、原來是這樣……」

恭平在恍然大悟的同時，也感到很失望。原來鐵雞生下的是裝了藥的蛋，也就是說，他白白經歷了那麼可怕、那麼不愉快的事。現在，他覺得渾身疲累。

桃公也一臉愁容。

「如果鐵雞會生下翡翠，我就不需要這麼辛苦了喲。唉，真希望趕快在那個海灘找到翡翠，讓鐵雞吃下去。」

「為什麼？」

「嗯？因為不久之前，鐵雞誤把不該吃的東西吃了下去，我想要把那個東西取出來，但必須要讓它吃翡翠，才有辦法做到。」

桃公說，而且必須是特別的翡翠才行。

「一定得是被海水沖到那個海灘的翡翠、而且必須是很漂亮的綠色；同時，翡翠表面要很光滑，還要像橡實那麼大才有用。我在岸邊努力找了很久，一直找不到……太小的或是顏色太淺的都沒有效喲。」

唉唉……桃公深深嘆著氣，他似乎真的傷透腦筋。

恭平突然想到一件事。

「桃公，我有啊！」

「你有什麼？」

「翡翠啊！漂亮的綠色翡翠。我外公送給我的，也是在那片海灘撿到的。」

恭平說完，從專門放寶物的鐵罐中拿出翡翠，遞給了桃公。

桃公一看到那塊翡翠，立刻拍著手說：

「哇哇！太美了！這就是我想要找的翡翠喲！」

「真的嗎？那就送給你。」

「……真的可以嗎？」

「嗯。……我做了很過分的事，我要用這個表達歉、歉……」

「歉意？」

「嗯，我用這個表達歉意。」

恭平心裡其實有點惋惜，但他覺得自己應該這麼做。恭平今天做錯了很多事，他覺得把翡翠送給桃公，自己的心裡會輕鬆些。

桃公可能察覺到恭平內心的想法，露出了欣喜的笑容，高興的收下了翡翠。

「啊呀啊呀，太謝謝了！真是幫了大忙！那我現在就餵給鐵雞吃喲。」

桃公說完，把翡翠拿到鐵雞面前。

鐵雞張開大嘴，把翡翠吞了下去後，身體顫抖起來。

「來了來了來了！」

桃公把鐵雞放在地上，把手伸到它的屁股下。

噗通。

一隻很大的白色蛋掉在桃公的手上。桃公對著那顆蛋小聲的叫著：

「青箕，青箕，起來了喲。」

那顆蛋發出叭哩叭哩的聲音，出現了裂縫，最後裂成了兩半。

恭平大吃一驚。

他以為裡面會出現一隻小雞，沒想到卻出現了一隻壁虎，身體是青白色，眼睛是藍色。

桃公高興的說：

「啊啊，太好了！你平安無事喲！你沒事嗎？青箕，有沒有哪裡不舒服啊？」

壁虎露出困惑的表情眨了眨眼，然後輕輕叫了一聲：

「啾啾……？」

「啊喲，怎麼會這樣，你不記得了嗎？青箕，你躺在鐵雞用的藥草上睡午覺，結果就被鐵雞吃下去了喲。……啊，看你的表情，似乎已經想起來了喲。真是的，你要記取這次的教訓，下次不要在藥草籃子裡睡覺了喲。」

「啾啾啾！啾咿！」

「什麼？那裡原本就是你睡覺的地方？啊呀，該不會是我不小心把藥草放進你睡覺的地方了？」

「啾啾咿！」

「啊，啊哈哈哈。不過幸好你平安無事喲，這才是最重要的。」

桃公笑著掩飾自己的窘境，然後轉頭看著恭平說：

「多虧了你，才能把青箕救出來，真的太感謝了喲。」

「不……不客氣。……桃公，那隻壁虎在瞪你。」

「沒、沒關係，沒關係，等一下我會請牠吃很多螃蟹，牠心情就會變好了。這一帶的米飯也很好吃，青箕愛喝的酒也有很多不同的種類。啊，對了，我得謝謝你，這個給你喲。」

桃公說完，從懷裡拿出一顆很像是翡翠的蛋，遞給恭平。

「可、可以送我嗎？但剛才是因為我……」

「這件事歸這件事，那件事歸那件事。多虧了你的翡翠，才救了青箕，所以我一定要好好答謝你喲。」

「這不是翡翠……，對嗎？」

「當然不是翡翠喲，這裡面裝的是名叫『暫時怪力軟膏』的藥，這種軟膏可以讓你力大無比，但只能持續五分鐘。當你遇到困難，想要有巨大力量的時候，只要用力握住它就行了喲。蛋破裂後，裡面的軟膏會滲到你手上，一定可以對你有幫助喲。」

桃公把名叫青箕的壁虎放在肩上，拿起鐵雞說：

「青箕回來了，我們差不多該去下一個城市了。那就跟你說再見了喲。」

「好，拜拜。」

桃公從恭平的房間消失，簡直就像一陣煙，一眨眼就不見了。

但是，那顆綠色的蛋還在恭平手上。

星期一，恭平意興闌珊的走去幼兒園。

他很想請假。因為信也一定在幼兒園等著他，一旦他知道恭平沒有撿到翡翠，就會神氣的說：「看吧！果然是我贏了！」然後，恭平就得按照事先的約定，叫他「信也老大」。

唉，恭平越想越不開心。

他把手伸進了長褲口袋，口袋裡是桃公送他的綠蛋。他今天出門時，忍不住把那顆蛋放進口袋中。

恭平想，這個漂亮的蛋看起來很像翡翠，不如把它拿給信也看，說自己找到了這麼漂亮的翡翠，如此一來，恭平就可以贏得這場比賽，也不必做任何自己不開心的事。

但是……

「這樣、算作弊吧。」恭平不想作弊。因為他覺得這樣很沒出息，也很丟臉。而且在鐵雞那件事之後，他深刻體會到偷雞摸狗的不良後果。

嗯，還是應該老實告訴信也：「我輸了！」

於是恭平把手從口袋裡拿了出來。

信也果然雙眼發亮的在幼兒園等他，信也張開雙腳，站在操場的置物櫃前。恭平心不甘情不願的走向信也。

「啊啊，好討厭，好討厭。」但是恭平心想，應該還來得及，只要自己把口袋裡的蛋拿給信也看，對他說：「怎麼樣！很厲害吧！」就好。要是信也說：「我輸了！」，那麼自己不會裝出神氣的樣子，還會對他說：「你不用叫我恭平老大」，然後這件事就這樣算了。這樣的話，應該可以抵銷作弊的錯吧。

恭平內心浮現了這種想法，手不知不覺又伸進了口袋裡。

當他走到信也面前時，突然吹起了一陣風，而且風很大。

恭平差一點被吹倒，他忍不住閉上了眼睛。

隨即聽到了咚隆噹啷的巨大聲響——

恭平睜開眼睛後大吃一驚。

原本運動會時用的帳篷被拆下來後，放在信也身後的倉庫旁邊，但現在竟然壓在信也的身上。信也的腳被架子壓住，正哇哇大哭，而且還流了血。恭平看了頓時覺得有點頭暈。

「啊啊啊啊！」

「哇啊啊啊！」

其他同學也都驚慌失措，大叫起來。

「要快點去叫老師，請他趕快來救信也。」

恭平忍不住用力握拳，然後才發現自己好像捏破了什麼東西。

恭平嚇了一跳，看著自己的手，發現手上有黏黏的，像是紫色乳霜般的東西。

「一定是剛才捏破蛋，裡面的藥擠出來了。啊，對了，桃公曾經說，這種藥可以讓自己力大無比，但只能持續五分鐘。這樣的話，也許我就可以救信也了。但是只有五分鐘，有辦法把信也從那裡救出來嗎？搞不好連我也會被壓在底下，還會受傷。」恭平猶豫著。

就在這時……

「啊啊啊啊！好痛！好痛！救命啊！」

信也叫了起來。聽到信也尖聲慘叫，恭平下定了決心。

「信也，我、我馬上去救你！」

恭平不顧一切的跑向信也，一手抓住帳棚架子。架子很重，照理說小孩子根本拿不動，但恭平簡直就像是在拿紙張一樣，輕輕鬆鬆就拿了起來。

「好厲害！真的像桃公說的一樣！」恭平心想。

恭平興奮的叫著信也：「信也！你沒事吧？」

「嗚嗚、啊啊啊！」

「我已經把架子移開了！現在沒事了！」

當恭平把信也從架子下拉出來時，老師們跑了過來。

真是不幸中的大幸，信也的傷勢並不嚴重，因為他的腳剛好夾在縫隙中，所以只有擦傷而已。

那一天，恭平成為幼兒園中的英雄。老師和信也的媽媽都稱讚他，他感到很害羞。

信也也向他道謝。

「恭平，謝謝你。……你是我的救命恩人。沒想到你力氣這麼大，太厲害了。」

「沒、沒有啦，只是那時候剛好使出了全力。……對了，信也，我沒有撿到翡翠，我輸了。」

「啊，翡翠。」

信也好像想起了這件事，眨了眨眼睛，然後露齒一笑說：

「就當我們沒有那個約定吧！我怎麼可以讓救命恩人叫我信也老大呢？」

「真、真的嗎？」

「嗯，……對了，這個送你。」

信也說著，把自己的翡翠遞給了恭平。

「你救了我，我要謝謝你。」

恭平搖了搖頭說：「不，我不要。」

「你不要嗎？」

「對，因為這是你的寶物，不是嗎？所以你留著吧，我一定會找到很漂亮的翡翠。寶物還是要自己找到的才最棒。」

「有道理。」恭平和信也互看著，用力點了點頭。

桃公的中藥處方箋之1

暫時怪力軟膏

藥的形狀

裝在翡翠色蛋形容器中的軟膏，比雞蛋稍微小一點。

用法及用量

用力捏破蛋殼，讓軟膏滲入手中。

作用與功效

想要巨大的力量時，只要讓軟膏滲入手中，就可以力大無比。

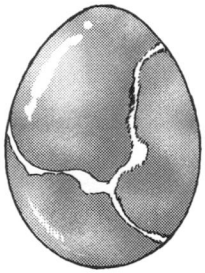

使用注意事項

力大無比的狀態只能維持五分鐘。要特別注意時間。

第2章 木偶娃娃心丹

美佳把兩個孩子送去幼兒園，一回到家後，就整個人倒在沙發上。

「好累，渾身都好沉重，連手指都無法動了。給我一個小時，不，只要三十分鐘就好。我想擁有自己的時間，只屬於自己的、可以自由使用的時間。」她發自內心這麼想。

但是，這是無法實現的夢想。

「唉，必須趕快起來。」美佳想著，早餐的碗盤還沒有洗，雙胞胎兒子弄亂的家裡也還沒有打掃。等一下還要洗衣服，然後再去買菜，還要去洗衣店把丈夫阿洋的襯衫和西裝拿回來。

時間轉眼之間就過去，等做完這些事，就差不多該去幼兒園接兒子了。和人與真人總是活力充沛，一回到家，就會像往常一樣想吃點心，結果吃得到處都是，桌子和地上都黏答答的。

美佳想著，等他們吃完點心，一邊要應付兩個跟前跟後的兒子，一邊還要準備晚餐。今天美佳想煮義大利麵。煮義大利麵很輕鬆，兒子也很愛吃。但如果自己不為丈夫準備其他晚餐，他一定又會不滿的說：「又是義大利麵？上個星期不是剛吃過嗎？」

唉，真麻煩！既然那麼想吃別的，為什麼不自己做！不過，一旦自己這麼說的話，丈夫每次都會說：「我在外面上班！你一整天都在家裡，至少該做好家事啊。」美佳每次聽了都很火大。

美佳的確一整天都在家裡，但從早到晚都忙得沒時間休息，她很希望丈夫阿洋能夠了解自己有多辛苦。

「他回到家時什麼事都不做，有什麼資格說我！只要不挑剔晚餐，就已經幫了我的大忙了。」雖然美佳發著牢騷，但還是努力站起來，去洗了碗之後，又用吸塵器吸地。

今天地上也很黏，一定是兩個兒子又把果汁灑在地上了。

她只好在用吸塵器吸完地板後，又開始擦地板；但在擦地時，洗衣機嗶嗶響了起來。

「好，好，好，我這就來晾衣服。」美佳像是在回應洗衣機一般說著。

但是，當她一打開洗衣機的蓋子後，忍不住發出嘆息。因為洗好的衣服上沾到了很多白色的碎屑，簡直就像下了雪。

「每次都說不聽。一定又是誰把面紙放在口袋裡沒有拿出來。」美佳火冒三丈。

「唉，為什麼衣服要有口袋？不管是和人還是真人，都會把飼養的鼠婦放在口袋裡。不，不光是兩個兒子，阿洋也經常把面紙和零錢放在口袋裡不拿出來。」美佳很無奈。

這次也一定是阿洋。不知道已經說過多少次了，把衣服丟進洗衣機之前要檢查一下口袋，怎麼說都沒用！

美佳氣得用力拍著洗好的衣服，把面紙碎屑拍下來。那些紙屑都掉在地上，等一下又要重新用吸塵器吸地了。她越想越氣。

美佳覺得所有的事都令人心煩，於是她突然不顧一切的衝出家門。

「真希望就這樣離開去別的地方！逃去一個沒有人認識自己的地方！」她腦袋空空，漫無目的的走在街上時，突然聽到了清脆的聲音。

叮鈴鈴。鈴鈴。

美佳忍不住停下腳步。多麼動聽的聲音，好像滲進了她的內心深處。

「是鈴聲嗎？哪裡有鈴聲？」美佳太好奇了，忘了打算離家出走的事，尋找著鈴聲的來源。

她來到一個很大的公園。那裡是幾十年前曾經舉行萬國博覽會的地方，當時建造的巨大紀念碑至今仍留在公園內。紀念碑有七十公尺高，上面有一張很可怕的臉。

這個公園必須買門票才能進去，美佳平時都覺得：「為什麼去公園還要買門票？這是把我當成傻瓜嗎？」她從來都不屑買門票進去。

但是，她今天太在意那個鈴聲了，即使付錢買門票，她也想知道到底是怎麼回事。

走進公園後，她發現有個老爺爺坐在紀念碑前，搖著一個銀色的鈴。

這個爺爺看起來很不尋常。他戴了一頂大草帽，長長的粉紅色鬍子綁成麻花辮，在淡棕色的農夫服外，穿了一件花花的厚短褂，看起來很可愛，身旁還放了一個大木箱。

美佳的雙眼盯著那個爺爺，然後好像被吸引般走上前。

老爺爺停止搖鈴，瞇眼笑了笑說：

「歡迎光臨，歡迎來到桃記中藥喲。」

美佳聽到他可愛的聲音後，肩膀忽然就放鬆了。

「中、中藥嗎？」

「嗯，是喲。我是桃公。太太，你有什麼症狀？無論是身體還是心理，如果有任何不舒服，都可以告訴我喲。」

「你問我症狀，我也……啊，我覺得有點疲勞。育兒和做家事，經常讓我覺得心煩……」

「原來是這樣，你可不可以再說得更詳細喲。」

已經多久沒有人這樣認真聽自己說話了？美佳整個人放鬆下來，把內心的不滿和疲憊全都說了出來——家事永遠都做不完、雙胞胎兒子整天都吵著要陪他們玩，但丈夫完全不了解自己有多辛苦。

「要是阿洋能夠稍微體諒我一點……可是連他也要我費心照顧才行，簡直就像是我的第三個兒子，有時候真的很火大。雖然我知道他工作很辛苦，但我常常很想對他說，我也很辛苦啊。……是我太任性了嗎？」

「沒這回事喲。」

桃公溫柔的說：「聽了你剛才說明的情況，你似乎真的很辛苦。你很愛你的家人，也很珍惜他們，所以才會讓自己繃得這麼緊，你一定很痛苦喲。」

「……」

美佳一陣難過，眼淚差點流下來。

至今為止，從來沒有人對她說這種話。即使她和家人、朋友聊這件事，大家也都會說：「結婚之後，每個人都這樣。」，或是「你是媽媽，要堅強一點！」

「桃公，謝謝你，你這麼說，我真是太高興了。」

「不不不，我現在充分了解你的症狀了喲。嗯，照這樣下去，你可能會撐不住。為了預防這種情況，我為你開中藥處方喲。」

「中、中藥？」

「他該不會是打算向我推銷奇怪的藥吧？」美佳忍不住心生警戒。

只見桃公打開木箱蓋子，箱子內有許多抽屜，桃公接連從這些抽屜中拿出各種神奇的道具，還有裝了枯葉和果實的小瓶子。

轉眼之間，桃公面前放滿了各種神奇的東西。美佳目瞪口呆的看著從箱子裡拿出的這些東西。

有的像是鹿角，有的像是晒乾的蚯蚓，還有蕈菇、橡實、紫色的液體和白色粉末。

美佳看著看著，感到心情莫名的興奮起來。她想起小時候辦家家酒，玩巫婆遊戲時的事。

「這些全都是藥材嗎？」

「是啊，這是我從各地蒐集到的珍貴藥材喲。我很快就能調配好，你再稍微等我一下喲。」

桃公說完，俐落的開始調配中藥。他把藥材都放進一個研磨缽，一下子研磨，一下子攪拌，簡直就像在變魔術。

最明顯的變化就是氣味。桃公每加入一種藥材，奇特的氣味就越來越濃烈。既充滿了芳香，又帶有異國香料的味道，但又讓人感到很親切懷念。

美佳情不自禁的閉上了眼睛，陶醉在這種氣味中。

不知道過了多久，美佳聽到桃公的聲音，終於回過神。

「太太、太太！」

「啊？……啊，是！」

「好了，完成了喲。」

桃公說完，伸出了手。他的手上有一個像橡實般大小的東西，是棕色和桃色的大理石紋圖案，而且樣式竟然是心形。

「這是木偶娃娃心丹，是有助於改善你目前症狀的藥喲。只要把它放進人偶或是娃娃裡頭就可以了喲。啊，要記得同時放入一根你的頭髮喲。」

「我的頭髮？」

「對，讓那個娃娃可以變成你的分身。……藥錢是一千元，你願意買嗎？」

「放進人偶的藥？還要放自己的頭髮？變成自己的分身？聽起

來就很可疑，實在不應該買這種可疑的東西吧。」美佳有點猶豫。

雖然她這麼想，但又無法克制有股「我好像遇到了很厲害的東西！」的興奮心情油然而生。

美佳露出了複雜的表情，但最後還是把它買了下來。她付了一千元後，桃公笑著點了點頭，然後用薄紙把木偶娃娃心丹包了起來，交給美佳。

「謝、謝謝你。」

「不客氣，這下子你應該可以覺得輕鬆多了……說不定會『太輕鬆』了……啊啊，對了，還有一個問題喲。」

桃公突然露出嚴肅的表情，目不轉睛的盯著美佳的臉。

「什、什麼？」

「有時候，方便的東西可能有點危險喲，但都取決於使用的人……嗯，我還是有點擔心，我會安排售後服務喲……青箕、青箕，你在哪裡喲？」

桃公在草帽中和木箱子的抽屜中找了半天後說：

「哎呀，這孩子又不知道跑去哪裡了喲，原本還打算等一下一起去吃串炸，希望牠沒再次被鐵雞吃掉……。真是沒辦法，太太，我晚一點派青箕去找你喲，如果有什麼困難，可以交代青箕喲。」

「青、青箕是誰？」

「是我的搭檔喲，你只要看到牠，馬上就會知道了。……凡事都要適可而止，只要遵守這一點，就不會有問題喲。」

雖然美佳不知道會發生什麼問題，但她帶著桃公給她的藥回家了。

越靠近家裡，內心情緒就越來越高漲。

「必須趕快試試這種藥的效力。」美佳等不及了。

美佳回到家後，立刻在兩個兒子的玩具箱裡翻找。

「玩具箱內亂七八糟，真希望好好教這兩個孩子什麼叫做『整理』。」她一邊想，一邊在玩具箱內尋找有沒有適合的人偶。

「真人很喜歡這個怪獸，所以不能用；和人經常拿那個狗狗娃娃玩……啊！這個好像不錯？」

她拿出一個很舊的英雄人偶。這個塑膠人偶大約二十公分左右，美佳記得這個人偶名叫伍路強，人偶穿著一身狼衣，看起來很帥氣。

雙胞胎兒子之前也很愛這個人偶，但現在人偶的脖子和手臂都歪了，有一種難以形容的滄桑感。美佳覺得這種滄桑很像自己，所以決定使用伍路強人偶。

「反正這兩個孩子很久沒玩這個人偶了，所以即使人偶不見了，他們也不會發現。而且這種人偶裡頭應該是中空的，正好可以把藥放進去。」

美佳小聲嘀咕著，然後用美工刀插進伍路強人偶的胸口，割開人偶胸口。她猜得沒錯，裡面果然是個空洞。

「不錯，感覺很不錯。」美佳興奮的把桃公給她的藥——木偶娃娃心丹拿了出來。

她打開包裝紙，立刻聞到了一股溫柔的氣味，很像是在陽光下晒了很久的棉被味道，可以讓人心情放鬆。

「感覺這種藥真的有效耶。」美佳喃喃自語。

美佳把藥塞進了人偶，接著拔了一根自己的頭髮，一起放進了人偶，最後撕下膠帶，封住了剛才割開的地方。

「這樣就可以了嗎？這麼做之後，我真的有辦法變輕鬆嗎？雖然那個桃公看起來很有自信的樣子，可是仔細一想，就應該要發現不可能有這種事。我竟然會被這種花言巧語欺騙，白白浪費了一千元。」美佳內心的興奮感突然消失，換作一股巨大的空虛和疲勞襲來。

雖然今天還有很多家事要做，但她已經無法動彈了。她告訴自己：睡一下好了，只睡一下下，睡醒後，再以加倍的速度做家事就好。

美佳搖搖晃晃走到沙發，躺了下來，立刻陷入了熟睡。

伍路強人偶出現在她的夢中。伍路強對著她露出笑容，拍了拍胸脯，好像在說他可以搞定一切。

接著，伍路強就快步走出家門，而美佳就陷入熟睡了。

只不過她聽到一陣越來越吵的聲音，美佳半夢半醒想著：「啊啊，是誰在大吵大鬧，還可以聽到答答答答的腳步聲。該不會是和人跟真人吧？他們已經回家了吧。啊，又安靜下來了，應該是在吃什麼點心。因為他們只有在吃東西的時候才會安靜。」

「嗯？這個味道……是鬆餅？是誰做鬆餅給他們吃？之前曾經再三叮嚀他們，絕對不能自己用瓦斯爐。」

這時，美佳猛然驚醒。

因為她想到兩個兒子——「完了！自己完全忘了要去幼兒園接他們回家了！」

她跳了起來，一看時鐘，已經三點了——原本應該兩點就要去幼兒園接孩子。

她臉色發白，正想衝出去時，卻整個人愣住了。

因為她看到和人、真人坐在客廳最裡頭的桌子旁，兩個人都坐在椅子上，正專心吃著鬆餅。

美佳難以相信自己眼睛所看到的情況。

自己沒有去幼兒園接兒子，但雙胞胎兒子現在竟然在家裡。這是怎麼回事？難道他們自己走回家嗎？但是，幼兒園老師絕對不可能讓他們自己回家。

美佳覺得自己好像在做夢，搖搖晃晃走向兒子。兩個兒子抬起頭，看著美佳露出了笑容。

「媽媽，這個鬆餅真的太好吃了！」

「嗯，超好吃的！明天也要做給我們吃！」

雙胞胎兒子笑著對她說，她不經意的問：「這、這個鬆餅……是誰做的？」

「媽媽，你在說什麼啊？是你做的啊。」

「對啊，媽媽，是你剛才做的啊。」

「喔喔……是啊。……那今天是誰去幼兒園接你們回來的？」

「媽媽，你為什麼問這個問題？」

「當然是媽媽接我們回來啊。」雙胞胎理所當然的回答。

不可能。美佳忍不住想要大叫。她知道這絕對是不可能的事。因為自己明明在沙發上睡到前一刻才起來啊。到底是怎麼回事？是誰冒充自己去幼兒園接兒子回來，還幫他們煎了鬆餅當點心呢？

這時，美佳才終於想起來——「對了，伍路強人偶！那個人偶在哪裡？」

美佳在臥室找到了人偶。她戰戰兢兢的拿起人偶仔細打量，發現人偶和之前沒什麼兩樣，只不過她不記得自己曾把這個人偶拿到臥室。

「所以是人偶自己走進來的嗎？」

正當美佳感到有點可怕時，發現人偶的手上沾到了白色粉末。她聞了一下，發現粉末有種甜甜的味道。

「是鬆餅粉……」

所以，真的是這個人偶煎了鬆餅嗎？雖然難以相信，但除此以外，無法找到合理的解釋。

美佳頓時無法站立，一屁股坐在床上。

「鎮定，我要鎮定。」她用力深呼吸，心情稍微平靜下來。

「嗯……仔細一想，就發現這件事很厲害，因為這個人偶竟然代替我做了很多事。哇，簡直就像有一個傭人，嗯嗯，真的很厲害！桃公並沒有騙我！」

託這個人偶的福，自己難得睡了一個午覺，美佳感覺身體好輕鬆，有充足的精神去買晚餐要用的食材了。

「嗯？該不會……」

美佳慌慌張張的跑去廚房，打開冰箱一看，發現冰箱內放滿了食材，而且全都是她打算今天去買的食材——伍路強人偶竟然連菜都買好了。

她又去看了衣櫃，發現之前送去洗衣店的襯衫和西裝也全都放在衣櫃裡了。

「太好了！」

在別人眼中，這只是微不足道的幸福，但對美佳來說，簡直就是無比奢侈的事。

那天傍晚，美佳精神抖擻的做晚餐。之前她一直覺得要額外為先生阿洋做菜很麻煩，但她今天料理時的心情卻特別好。

因為有伍路強人偶協助自己做家事，美佳不再覺得孤單。一想到這裡，她的心情就變得格外輕鬆。

隔天，美佳睡過頭了，她比原本應該起床的時間足足晚了兩個小時才醒來。

「慘了！哇！大事不妙了！——阿洋的便當！大家的早餐！出門的準備！」

但是，當她醒來之後，忍不住用力眨眼睛。因為家裡很安靜。她躺在床上轉頭看，發現丈夫阿洋已經不見了。她去兒子的房間查看，兩個兒子也都不在家。

她開始有點不安，因為她發現雙胞胎的幼兒園制服不見了，書包也不見了。當她走去廚房，看到桌上放了一人份的早餐，卻沒看見任何便當盒。

她仍然不放心的走到玄關。兩個兒子的鞋子和阿洋的鞋子都不見了，他們父子似乎都分別上班、上幼兒園去了。

「但是……我明明睡過頭了。……啊！」

美佳察覺到應該是伍路強人偶代替她做了這些事。

「一定是那個人偶做了便當，準備了早餐，然後叫他們三個人起床，還為他們做好出門的準備。在送阿洋出門上班之後，又把雙胞胎送去幼兒園了。」

此刻雙胞胎還沒有放學，所以都不在家。

「簡直太輕鬆了！以後我可以睡到自然醒了，而且也不需要再提早醒來做便當了！怎麼會這麼幸福！」美佳感動得忍不住握緊雙手。

美佳吃早餐時，充分體會著這份幸福——優閒的看著電視，吃著培根蛋和沙拉，還有法國土司。

「已經有多少年沒有吃別人做的早餐了呢？」美佳享受著這個舒服的早餐時間，完全沉浸在放鬆的氣氛中。吃完早餐後，她有點想睡覺。她坐在沙發上，不知不覺中又睡著了。

當她醒來時，家裡已經變得乾淨整齊，連原本丟在地上的東西都整理乾淨，洗好的衣服晾在外面，地板也擦得很亮，而且桌上放著午餐。

「謝謝！」

美佳發自內心感謝放在桌上的伍路強人偶，同時也感謝桃公給了自己這麼棒的藥。

「如果下次可以見到桃公，一定要好好謝謝他。啊，以後每天都可以超輕鬆！」

美佳滿面笑容開始吃午餐。

自從有了伍路強人偶之後，美佳的生活開始有了變化。

因為當她在休息的時候，伍路強人偶會在轉眼之間，就把她該做的家事全都做好了。

無論是打掃、洗衣服、買菜、燙衣服、做便當，還是去幼兒園接送兒子，伍路強人偶包辦了所有美佳「不想做的事」。

一開始，美佳得以趁機偷懶，後來卻變得越來越懶了。

「我努力了這麼多年，偷懶一下也沒什麼。」美佳這麼對自己說，然後就去逛街購物，或是整天沉迷於玩遊戲或是看書。她偷懶的時間越來越長，最後甚至把所有該做的事都交給伍路強人偶。

不過，即使這樣，也從來沒有引起任何人的懷疑。說也奇怪，當伍路強人偶代替美佳做事時，別人似乎看不到她。因此即使兩個兒子回到家裡，美佳也可以躲在臥室玩遊戲或看書，因為伍路強人偶會陪兩個兒子在客廳玩。這讓美佳覺得像是重獲自由般，可以把時間用在自己喜歡的事上。

「啊啊，簡直太棒了！」

她好像回到了單身時的生活。

接下來的日子，她繼續偷懶，盡情玩樂。

但是，她內心的罪惡感越來越強烈……

「我自己一個人玩樂，完全沒有好好和家人相處。這樣感覺很不好，而且內心很空虛。」美佳想。

她發現自己已經好久沒有和先生阿洋聊天，也沒有陪兩個兒子玩，更沒有在晚上讀繪本給他們聽，或是陪他們上床睡覺。因為她把這些事全都交給了伍路強人偶。

當美佳發現這件事之後，內心感到無比寂寞。

「不行，這樣不行。我到底在幹什麼！」美佳終於了解到，如果沒有做好自己該做的事，就無法心情愉快的充分休息。

「嗯，我不能太依賴伍路強人偶，以後要節制一點，只能偶爾找伍路強幫忙。」

美佳想了想，決定要好好去陪兩個兒子玩。

沒想到……

她發現一件奇怪的事，那就是，即使她叫兒子的名字，他們也不理她。

「和人，快過來，我們一起來洗澡。」

「真人，你刷牙了嗎？」

即使她對兩個兒子說話，他們也不會馬上回答，每次都要叫好幾次，甚至到大聲吼叫，他們才好像「終於聽到般」看著美佳，然後看著她時，也會露出納悶的表情。

那種表情好像在問，這個人是誰？接著才終於眨了眨眼睛，開口說：「……啊，媽媽，你剛才說什麼？」

已經連續好幾次都發生這種事，而且不只是兩個兒子，就連丈夫阿洋也是有相同的反應。

美佳有一種難以形容的不舒服感覺。

「這是怎麼回事……？簡直就像是他們慢慢忘記我了……，但照理說不可能有這種事啊。」

然而，奇怪的現象越來越多，而且這些奇怪的現象開始發生在美佳自己身上。

她經常失憶……

原本要去上廁所，當她回過神時，發現自己躺在沙發上。

她想喝麥茶，走去冰箱拿麥茶後，就失去了記憶；當她回過神時，卻發現自己蹲在洗衣機前。

這種事越來越頻繁發生，美佳覺得越來越不對勁。

「太奇怪了。怎麼會發生這麼奇怪的事？也許自己該去醫院檢查一下。嗯，今天晚上要和阿洋好好討論一下。」

「啊，我到底出了什麼問題？如果醫院檢查出來有什麼嚴重的病，那該怎麼辦？好可怕，好可怕。」美佳很擔心。

正當她越想越害怕、渾身發抖時，剛才到外面玩的兩個兒子回家了。

「兒子！」美佳猛然回過神，內心湧起對孩子的愛與不捨。

「嗯，我必須珍惜每天的時間。如果接下來必須住院治療，就無法時時刻刻和他們在一起了。」

於是美佳決定今天要大顯身手，做兩個兒子愛吃的章魚燒。

不是美佳要自吹自擂，她做的章魚燒天下第一。如果這個世界上有章魚燒錦標賽，她認為自己一定可以名列前茅。

不過她要先去門口迎接兒子，她想用力抱一抱兩個兒子。

美佳露出了笑容，準備迎接兒子。

「和人、真人，你們回來了！今天怎麼樣？玩得開心嗎？」

但是，雙胞胎兒子從張開雙手的美佳身旁跑了過去。

「咦？」

兩個兒子完全無視她——不，感覺更像是他們根本沒有看到美佳。

這是怎麼回事？美佳慌了，回頭一看，發現兩個兒子跑向廚房，而且可以聽到他們興奮的聲音。

「媽媽，我們回來了！」

「我們回來了！今天晚上要吃什麼？……是章魚燒嗎？哇！太棒了！」

「我最愛章魚燒了！啊，不行，現在還不能吃喔。和人，我們一起去洗手。」

「好。」

兩個兒子又從美佳身旁跑過去，進入盥洗室。

「這是怎麼回事？」美佳愣在原地，「我明明在這裡，但兩個兒子甚至沒有看我一眼。該不會是伍路強人偶在廚房吧？」

一想到自己的兩個孩子簡直把人偶當成真正的媽媽，她突然感到不寒而慄。美佳告訴自己：一定要設法解決伍路強人偶才行，看是要把它剪開，或是就拿去丟掉也可以。無論如何，她都要把它趕出這個家。

但是，當她急忙走去廚房，再度愣住了。

廚房裡有一個和美佳長得一模一樣的女人……

那個女人穿著美佳的衣服，穿著圍裙，正俐落的準備晚餐。

無論怎麼看，她都像是美佳。

「你、你……該不會是伍路強？」

美佳戰戰兢兢的問，而冒牌貨瞥了她一眼，然後笑了笑。

冒牌貨放下菜刀，走向美佳。

她的身體越來越大……不對，是美佳的身體越縮越小。

當美佳發現自己變小，正準備逃走時，已經來不及了。那個冒牌貨把變得像人偶般大小的美佳抓了起來，丟到陽臺。

「這個家已經不需要你了，有我就行了。我可以堂堂正正成為一個完美無缺的母親。」

冒牌貨用和美佳一模一樣的聲音說完後，用力關上了落地窗的門。

被丟到陽臺上的美佳想方設法，想要回到家裡。她必須去救回兩個孩子，不能把家人交給那個可怕的東西。

「和人、真人！媽媽在這裡！拜託你們，趕快發現我！幫我開門啊！」

她用力敲著落地窗，拍到手都痛了，仍然沒有人聽到。

於是，她隔著陽臺，向路上的行人求救。

「誰來救救我！救命！我被關在陽臺上了！我家有一個危險的傢伙！救命啊！救命啊！」

但是，即使美佳叫得嗓子都啞了，仍然沒有人看她一眼。她覺得自己好像變成了空氣，終於忍不住放聲大哭起來。

「太慘了。」她感到害怕不已，「我會怎麼樣啊？我會失去我的家人嗎？我不要！我不要我不要！」美佳抱著頭哇哇大哭。

突然，她聽到了「啾啾！」的奇怪叫聲。

「你這個笨蛋，現在哪有時間哭！」

美佳似乎聽到有人這麼說，她驚訝的抬起頭，立刻瞪大了眼睛，因為有一隻青白色壁虎就在她面前看著她。

美佳忍不住縮成一團。因為對目前的美佳來說，這隻壁虎看起來就像鱷魚那麼大，依美佳現在的身形大小，幾乎可以坐在牠的背上了，而且這隻壁虎正狠狠瞪著她。

她嚇得差點尖叫，因為她原本就很害怕蛇和青蛙這類的動物。

但是，這隻壁虎並沒有移動，只是定睛看著她而已。牠的眼睛顏色很藍，深沉而鮮豔，是很美麗的顏色。

美佳發現自己在牠的注視下，內心的恐懼和不安漸漸消失了。她覺得這隻壁虎似乎不會攻擊自己，而且牠很安靜。

「咦？有一張折起來的紙條綁在牠的脖子上，牠該不會是要把那張紙給我吧？」美佳戰戰兢兢的走向壁虎，打開了那張打結的紙條。

壁虎沒有移動，當紙條掉下來後，牠立刻咬著紙遞給美佳。

「啊？怎麼回事？」

美佳雖然嚇了一跳，但還是打開了那張紙。

上頭寫了以下的內容：

「致購買木偶娃娃心丹的客人。對不起，沒有及時提供售後服務喲。因為青箕遲遲沒有回來，所以我也無法採取行動。使用木偶娃娃心丹後的感想如何？我相信你在做家事方面應該輕鬆了許多。你該不會毫無節制，把所有的家事都交給人偶吧？如果是這樣，你的職責和家人的愛就會轉移到人偶身上，你會越來越沒有立足之地喲，所以千萬要小心喲。桃公上。」

「哇！」美佳叫了起來，「為什麼沒有一開始就向我說明這件事！太過分了！早知道會這樣，我就會小心使用它啊！」

她忍不住罵桃公，青白色壁虎頻頻點頭。

美佳用力喘著氣，努力冷靜思考。

雖然對桃公很生氣，但現在終於知道，因為自己太依賴人偶了，所以家人把人偶當成了她，導致她在家裡沒有立足之地，也就是說，她在家裡的地位已經漸漸被人偶取代了。

「一定要想辦法解決，否則我的家人會被搶走。」

不僅如此，美佳也很擔心家人的狀況。

伍路強人偶或許很優秀，但美佳不認為它有辦法取代自己。

比方說，雖然和人看起來活力充沛、調皮搗蛋，但其實很愛撒嬌，也有點內向，所以必須多關心他。而真人經常會莫名發燒病倒，在換季的時候尤其要特別注意。

至於丈夫阿洋，雖然他外表看起來人高馬大，但其實抗壓性不夠強。每逢星期五，必須拿出啤酒，端出他喜歡的下酒菜，好好聽他抱怨，否則他會越來越沒精神。

那個伍路強人偶根本不可能照顧得這麼細緻入微，它只是代替自己接送小孩，然後打掃、做菜而已。

「我……我要先進去家裡，之後……唉，該怎麼辦啊？」

美佳絞盡腦汁思考，壁虎對著她啾啾叫，然後把桃公的信翻了過來。

原來背面也寫滿了文字。

第一句話就寫著：

「又及，如果因為過度使用人偶，導致不良後果時，可以使用以下的解決方法喲。」

美佳迫不及待看著之後的內容，看完之後，美佳的內心燃起了小小的希望。

「這個方法……很不容易，但是，為了奪回我的家人，我只能拼了。我要奮戰！」

美佳下定決心之後，回頭看著那隻壁虎：「請問……你是青箕嗎？」

壁虎用力點了點頭。

「桃公在信上寫著，你會協助我……你願意幫我嗎？我無論如何都想奪回我的家人，拜託了！」

美佳一個勁拜託，青箕用藍色的眼睛看著她，然後輕輕嘆了一口氣，把背對著她。

「啾啾！」

美佳覺得牠的意思是要自己坐在牠的背上，於是她膽戰心驚的走了過去，跨坐在牠的背上，雙手緊緊抱住牠的脖子。

青箕的皮膚很溼潤，有點冰冰的。

正當美佳覺得牠的皮膚摸起來很奇特時，青箕動了起來。牠跳到房子的外牆，一口氣往上爬。

「啊啊啊啊啊！」

美佳尖叫著，緊緊抓住青箕，以免自己掉下去。因為一旦掉下去，恐怕就沒命，永遠都無法再見到家人了。

「不！我絕對會抓得牢牢的！」她拚命緊緊抓住青箕。

青箕不理會美佳的叫聲，只是沿著牆壁持續往上爬，很快就來到了二樓的窗戶。

為了保持通風，所以那個窗戶一直是微微開著。

青箕和美佳就從那個細縫回到了家裡。

那裡是兩個孩子的房間。美佳豎起耳朵聽一樓的聲音，她聽到了熱鬧的說話聲，他們似乎在吃晚餐。

「今天原本是我要做章魚燒給兩個孩子吃。」美佳越想越氣，「那個冒牌貨，絕對做不出那麼好吃的章魚燒。」想到兩個孩子會對著冒牌貨露出笑容，美佳就恨得牙癢癢。

就在這時……

「真人！」

樓下傳來冒牌貨的聲音，接著她聽到了真人哭了起來。

「到底要說幾次！要好好拿筷子！和人你也是，不能因為不喜歡，就把紅薑留下來不吃。唉，不准哭。媽媽以後也會很嚴格，對不符合規矩的行為、不正確的事絕對不會原諒。因為媽媽是正義和堅持、正經的化身。」

美佳一聽到小孩子的哭聲，氣得臉色發白，內心既憤怒，又懊惱。

「那傢伙竟然敢罵我的小孩！我絕對絕對不原諒它！」

但是，現在她必須忍耐才行。

「青箕，跟我來。」

美佳帶著青箕走出了孩子的房間，準備去她和阿洋的臥室。

她借助青箕的力氣，總算打開了臥室的門，溜了進去。

「青箕，你可以再幫我一下嗎？我想去懸掛在天花板的那個燈具上面。」

「啾啾。」

美佳坐在青箕身上，順利來到燈具的上面。她站在寬敞的燈罩邊緣，低頭往下看。

嗯，和想像中一樣。這裡剛好，從這個位置的話……一定可以進行的十分順利……

接下來就要慢慢等待了。

美佳屏息等待了一個小時。

「你們兩個人趕快先去洗澡，要把身體洗乾淨，媽媽拿了換洗衣服之後就會進去。」

美佳聽到那個冒牌貨令人討厭的聲音，然後腳步聲漸漸靠近。

美佳的身體抖了一下，為即將開戰做好充分的準備。

「決戰的時候到了。我無論如何、絕對要打敗那傢伙。」

冒牌貨走進臥室。無論怎麼看，它的外型和美佳一模一樣，讓人感到毛骨悚然。

不過，冒牌貨沒有發現美佳和青箕，正伸手拉電燈下方的繩子，準備打開電燈。

「就是現在。呀啊啊啊！」

美佳發揮了所有的勇氣和氣勢，朝著冒牌貨撲了過去，剛好落在冒牌貨的手臂上。

冒牌貨似乎嚇了一跳，愣在那裡。美佳頭也不回的跑了起來，然後跳到了冒牌貨的衣領上，又從毛衣的衣領鑽進了衣服內。

但是，她的腳被抓住了。

「可惡！你是從哪裡溜進來的！」

冒牌貨不悅的吼叫著，想要把美佳拉出來。美佳緊緊抓住它的毛衣內側不鬆手，但冒牌貨的力氣比她大多了。

「完了。」

正當她陷入絕望時，冒牌貨突然鬆了手。

「喂！啊！」

她聽到了冒牌貨的慘叫聲。

美佳抬頭一看，瞪大了眼睛……

因為青箕咬住了冒牌貨的鼻子。

「感覺應該很痛。不，現在不是為這種事感慨的時候。既然青箕拔刀相助，自己當然不能浪費這個機會。」

美佳讓青箕繼續對付冒牌貨，繼續往毛衣裡鑽。

「找到了！」

她看到了冒牌貨胸口中央被割開的裂縫，現在用膠帶黏住了。

這是證明冒牌貨其實是個人偶的唯一證據。

美佳撕開膠帶，把手伸進了裂縫，然後用力推開。

她看到了木偶娃娃心丹，好像心臟一樣，發出紅色的光，噗通噗通跳著。

「住手！」

冒牌貨可能察覺到危險，再度把手伸進了衣服，似乎不想管

已經被青箕咬住的鼻子，只打算抓到美佳。

「絕對不能讓那傢伙得逞」，美佳心想。

她把手伸向木偶娃娃心丹，對現在的她來說，木偶娃娃心丹差不多像是籃球那麼大，她用雙手用力抓住。

下一剎那，她的身體被一隻手抓住，整個人被拉開了。隨著一陣噗滋噗滋的聲音，她借助這股力量，把木偶娃娃心丹從冒牌貨的身體裡扯了出來。

美佳被丟到半空中，然後一屁股重重的跌坐在地上。

「好痛、好痛……」

美佳發出呻吟時，看向前方，頓時倒吸了一口氣。

因為她看到了那個舊舊的伍路強人偶倒在地上——冒牌貨不見了，美佳也恢復了原本的樣子。

美佳看到手上那顆心形的藥仍然發出紅光。不過，紅光漸漸消失，變成土色，然後突然碎裂了。

「太好了，我贏了，從冒牌貨手上把人生和家人搶回來了。啊、啊哈哈哈……啊哈哈哈哈！」

美佳大笑起來，但她的身體仍然在發抖。她直到現在才突然感到害怕。

如果剛剛失敗了，如果她被冒牌貨打敗……，也許美佳在家裡越來越沒有地位，然後遲早會消失。

「雖然木偶娃娃心丹雖然很方便……但對我來說，難度太高了。……咦？青箕去了哪裡？」

美佳四處尋找，最後發出了尖叫。

因為青箕竟然被她壓在屁股下面，而且牠被美佳壓得扁扁的，翻著白眼。

「哇，怎麼辦！喂，青箕，你醒醒！求求你活過來！我竟然把救命恩人坐扁了，不要啊！」

美佳驚慌失措，手忙腳亂，為青箕的身體按摩著。

青箕終於醒了過來。

「啾啾啾！」

青箕發出了很生氣的叫聲，從美佳手上跳下來後就跑走了。

「怎麼辦？是不是該去追牠？」美佳還在猶豫時，浴室傳來兩個兒子的叫聲。

「媽媽！還沒有拿好衣服嗎？」

「媽媽，趕快過來！我們一起洗澡！」

「我的兩個兒子——和人與真人！啊，我想馬上看看他們，把他們緊緊抱在懷裡。」美佳趕緊跑去浴室，決定晚一點再去向青箕道歉。

但是，當她衝下樓梯來到一樓時，突然感到頭暈目眩。她的身體搖晃了一下，腳步也踉嗆起來。

「咦？咦？」

美佳重重的倒在地上，只覺得眼前一片漆黑。這時，聽到了玄關的門打開的聲音。

「我回來了，啊，累死我了。……美佳？你、你怎麼了？」

啊，是阿洋回來了。

美佳的腦海中閃過這個念頭，然後就失去了意識。

當美佳醒過來時，發現自己躺在醫院的病床上。阿洋陪在她身旁，一臉擔心的看著她。

「阿洋……」

「啊，美佳！太好了！你終於醒了！」

阿洋的眼眶中含著淚水，緊緊握著美佳的手。

美佳原本有點昏昏沉沉，但聽了阿洋說明的情況後大吃一驚。

原來她整整昏睡了三天。

美佳驚訝不已，阿洋拚命向她道歉。

「真的很對不起，之前都太依賴你了，我從來沒有想過帶孩子和做家事這麼辛苦。真的對不起，以後我也會幫忙做家事，絕對不會再挑剔你做的菜了。」

阿洋似乎覺得美佳是因為照顧孩子和做家事太辛苦才會昏倒。

美佳想要告訴他，並不是他想的那樣。她應該是因為先前和伍路強人偶對抗，才會昏過去，因為耗盡了全身的力氣，所以睡了三天才終於醒過來。

最後，美佳什麼也沒說。因為她覺得即使說了伍路強人偶的事，阿洋應該也不會相信。

這時，阿洋從口袋裡拿出一張折起的紙說：「這是兩個孩子寫給你的，要我在你醒來之後給你看。」

「上面寫了什麼？」

美佳接過了紙，下一剎那，她忍不住哭了起來。

那張紙上畫著滿面笑容的美佳，旁邊還寫著：「ㄇㄚ·ㄇㄚ，ㄨㄛˇ·ㄇㄣ ㄋㄧˋ。ㄓㄨ ㄋㄧˇ ㄎㄨㄥˋ ㄎㄨㄥˋ ㄏㄠˇ ㄑㄧˇ ㄉㄞˋ！」

「真想趕快回家。回家之後要好好抱兩個兒子，和他們說很多話。」美佳心想。

壁虎青箕離開美佳的家後，氣得七竅生煙。

沒想到自己竟然會被人類的屁股坐扁，還差一點沒命。人類的屁股真是太可怕了。

這一切都是桃仙翁的過錯。

人類根本無法妥善使用木偶娃娃心丹這種藥，他們都很懶惰、得寸進尺，結果生活還差點被人偶搶走。桃仙翁應該早就可以預料到，那個母親會有這樣的結果才對！

桃公還說什麼：「但那個人真的很需要木偶娃娃心丹喲，至於結果如何，就要取決於當事人喲。但是我還是很擔心，青箕，你幫我去做一下售後服務。」

「為什麼不自己去！我今天要明確對桃仙翁說清楚，以後再也不要去幫使用木偶娃娃心丹的人做什麼售後服務了。」青箕在內心發誓。

第3章 獸心人語糖

天空中飄著雪，亞子咬緊了牙關，否則她的眼淚就會掉下來。

她深深覺得自己今天應該請假，不要來學校上課。

「我要趕快回家，安恩正在家裡等我回去。安恩，我最喜歡的安恩。」亞子心想。

安恩是一隻黑色大狗，比亞子大兩歲。亞子覺得安恩就像是個溫柔的姊姊。

從亞子懂事開始，安恩就一直陪伴在她身旁，守護著她。他們一起調皮搗蛋，還會搶點心，但每次亞子挨罵時，安恩總是袒護她。

沒想到安恩竟然快死了，光是想到這件事，亞子就覺得眼前一片黑暗。

「為什麼……」

這半年來，安恩好像突然變老了。動作變得緩慢，以前牠很喜歡散步，現在也不太想去了。吃東西的速度很慢，經常懶洋洋的睡覺。

即使這樣，亞子也完全不介意。雖然他們無法一起玩耍，即使安恩整天都在睡覺，安恩就是安恩，只要有牠陪在身旁，就是一種幸福。

但是安恩從昨天開始就不吃飯了，而且牠越來越虛弱，讓人看了於心不忍。

他們全家帶著安恩去動物醫院，希望不管是打針也好，吃藥也行，反正就是希望安恩能夠好起來。

沒想到獸醫卻說：「安恩的壽命到了，所以沒辦法再做什麼治療。牠的壽命差不多了，請讓牠在家裡好好休息。因為比起留在醫院，對牠來說，在家裡迎接這一刻更幸福。」

雖然獸醫說話的聲音很溫柔，但亞子卻有一種遭到無情拒絕的感覺。

「安恩已經沒救了——我不要。」亞子發自內心這麼想。

亞子今年十歲。她和安恩才相互陪伴彼此十年而已，她希望可以永遠和安恩在一起，沒想到安恩卻即將離開自己，這真是太殘酷了。雖然爸爸、媽媽說：「那我們就按照醫生說的，在家裡靜靜守護牠，讓牠安心上天堂。」，但亞子才不願意這樣。

「啊啊，安恩，你千萬別死，我馬上就回家了。我會讓你吃你最愛的優格，求求你再好起來。啊，誰來救救我！誰能來救救安恩啊！」

亞子快步走在回家的路上，在心裡吶喊著。但是，路上的積雪影響了她的速度。平時她毫不在意路上有積雪，但今天覺得很著急，也覺得飄落在臉上的雪很討厭。

就在這時……

叮鈴鈴。

亞子聽到了一個清澈的鈴聲。

她立刻停下了腳步。雖然想趕快回到安恩的身邊，但她的雙腳無法動彈，身體彷彿被鈴聲困住了。

亞子輕輕轉過頭。

她看到在岔路的黑暗深處有一個爺爺。雪地上放了一張小木椅，爺爺就坐在那張椅子上。

那個爺爺看起來很奇特。他留著長長的粉紅色鬍子，鬍子綁成了麻花辮；頭上戴了一頂像雨傘那麼大的草帽。他在淺棕色的農夫服外穿了一件花花的短褂，身邊有一個很大的木箱子。他就靠在木箱子上，搖著手上的銀色鈴鐺。

叮鈴鈴，叮鈴鈴。

鈴鐺的音色實在太美了。鈴聲每次響起，就好像有銀色的漣漪在擴散。

也許是因為這個原因，亞子情不自禁的走向那個爺爺。

當亞子走到爺爺面前時，他不再搖鈴，露出了親切的微笑。

「妹妹，歡迎光臨，歡迎你來到桃公的桃記中藥喲。」

「桃、公？中藥？」

「對，桃公就是我，我有各種中藥喲。不知道你想要什麼藥？我這裡什麼都有，所以請你說說看你的願望喲。」

「你……什麼都有嗎？」

「沒錯，不管是什麼藥，桃公我都可以為你調配喲。因為桃記中藥無所不能喲。」

這個神奇的爺爺自信滿滿的挺著胸膛說，亞子看著他，突然恍然大悟——

「我知道了，這個爺爺是魔法師，來這裡傾聽自己的願望。」

所以亞子大聲的對他說：

「請給我可以讓安恩好起來的藥！」

「安恩？」

「牠是我家的狗。雖然是狗，更是我的家人！對我很重要，但是動物醫院的獸醫說，牠的壽命差不多了……所以我想讓牠好起來！啊，對了！那就給我返老還童的藥！既然你什麼藥都可以調配，那就請你為我調配返老還童的藥！」

「也許安恩可以重新好起來，不僅如此，也許還可以變年輕，又可以一起玩耍，一起去散步。」亞子內心充滿期待，興奮得臉都發燙了。

沒想到，桃公皺起了眉頭。

亞子吃了一驚，桃公低吟了一聲說：

「的確有返老還童的藥喲，但是……嗯，也許不給你這個處方藥比較好。」

「為、為什麼？我會付錢！我可以把零用錢和過年的壓歲錢全都給你！如果還不夠，爺爺，等我以後工作賺了錢再給你！」

「不要叫我爺爺，我希望別人叫我桃公喲。不過，這不是重點。……小妹妹，你是不是很愛那隻狗？」

「當然啊！安恩是我的家人，安恩也很愛我。」

「既然這樣，就更不能讓牠服用返老還童藥了。因為這種藥有一個很大的問題。」

桃公說話的聲音一下子變得很小聲。

「服用了這種藥，的確可以返老還童喲，但是，在調配藥方的時候，需要有別人的壽命。也就是說，是需要你的壽命喲……你了解嗎？雖然狗狗返老還童了，但你的壽命會縮短喲。」

「壽命會縮短多久？」

「嗯，至少會縮短十年喲。」

「這麼多……」

亞子說不出話，桃公目不轉睛的看著她。

「神奇的藥或是效果強烈的藥，通常都會有相對的副作用，或是必須付出相應的代價喲。……希望你好好想清楚喲。」

桃公說完就閉了嘴。

亞子愣在那裡不動，但腦袋在拚命思考：只要吃了藥，安恩就有救了，就可以返老還童，活力充沛，但亞子會減少至少十年的壽命。

她不願意——這太可怕了，但她也不想要安恩就這樣死了。

亞子不知道該怎麼辦，眼淚撲簌簌的流了下來。桃公目不轉睛的看著她。

然後，桃公語氣溫柔的對她說：

「那我給你這個喲。」

桃公說完，從木箱子拿出一個小瓶子，裡面裝了看起來像金色蜂蜜般的東西。

「這是獸心人語糖，是用說話蘭的花蜜、獸茸的孢子，還有心蜂的蜂蜜調配出來的糖漿喲，你把這個給你的狗吃喲。」

「給牠吃了之後會怎麼樣？」

「狗就會說話了喲。」

「說話！」

「沒錯，這是讓動物可以說人話的藥喲，所以你可以自己問牠，牠最大的心願是什麼，我相信你一定可以找到滿意的答案喲。等你找到答案後，可以再回來這裡喲，到時候我會調配你真正需要的藥。」

「要是可以和安恩說話，就可以了解安恩最大的心願。」亞子聽了，頓時露出了興奮的眼神。

亞子心想：「對，這是最好的方法。無論安恩有什麼心願，我都要努力滿足牠。如果牠說想要的是返老還童，那就到時候請桃公調配返老還童的藥。為了安恩，我也會很樂意減少壽命。」

「桃公，謝謝你！」

亞子接過獸心人語的瓶子後，一路跑回家。她只用了五分鐘就到家了。

當亞子上氣不接下氣時，媽媽出來迎接她。

「啊，亞子，你回來了，太好了。」

「媽、媽媽！安恩呢？」

「牠還活著，剛才也吃了一點優格。……亞子，媽媽要出門去買菜，因為優格沒了，我去多買一點回來，你好好照顧安恩。」

「好。」

亞子剛進門，媽媽就出門了。

安恩在客廳裡，躺在牠專用的床上睡覺。亞子看到安恩的樣子，忍不住難過了起來。因為她發現安恩真的老了。

安恩變得又老又瘦，身上的毛乾澀凌亂，尾巴也變細了。

安恩可能察覺到亞子回來了，鼻子吸了幾下後，緩緩睜開了眼睛。

牠那一雙溫柔的黑色眼睛看著亞子，然後無力的搖了搖變細的尾巴。

但是，也就只有這樣稍微動一動而已，因為安恩已經無力再站起來了。

亞子忍著淚水，急忙跑到安恩的面前。

「安恩，我回來了。怎麼樣？會不會不舒服？有人送我一樣很棒的東西，我現在就拿給你。」

亞子說著，打開了獸心人語糖的瓶蓋。

房間內頓時瀰漫著香氣，好像有一百朵花同時綻放一樣，房間內甜蜜的花香讓亞子覺得好像置身花田。不知道為什麼，這股香氣讓人感到很幸福，而且令人精神為之一振。

似乎並不是只有亞子這麼想，安恩也抬起頭，拚命嗅聞著味道，牠的眼睛也漸漸亮了起來。

「你是不是想喝這個？」

亞子立刻把獸心人語糖倒在手掌上，然後把像蜂蜜一樣黏稠的糖遞到安恩嘴邊。

安恩伸出舌頭舔了起來，比牠吃最愛的優格時更加專心。

亞子看著正在吃獸心人語糖的安恩，把桃公的事告訴了牠。

「情況就是這樣，所以桃公就給了我獸心人語糖。安恩……你感覺怎麼樣？你有辦法說話嗎？」

安恩抬起頭看著亞子，微微張開了嘴：「亞子……」

這個溫柔而沙啞的聲音絕對是安恩的聲音，亞子感動得全身顫抖。

她和安恩至今始終心靈相通，亞子可以知道安恩在想什麼，而安恩也總是很快了解亞子的心意，但是沒想到現在亞子竟然可以聽到安恩開口說話。

「原來桃公說的話都是真的。」亞子激動不已，小聲對安恩說：「你、你真的會說話……」

「好像是這樣。啊，這種感覺太神奇了，沒想到竟然可以和你像這樣聊天。」

「我也想說這句話！……但你的聲音比我想像中沙啞。」

「那是因為我已經是老太太了啊。」安恩呵呵笑了起來。

這時，亞子突然想到，現在不該說這些廢話浪費時間。

「安恩，我剛才說了，桃公正在等我，而且他說可以為我調配任何藥，還有返老還童的藥。」

「返老還童？」

「對，只要吃那種藥，你就可以變年輕！可以變得很有活力，就不會死了！怎麼樣，是不是很棒？要不要我去向他要這種藥？」

安恩沒有馬上回答，牠仔細思考之後，靜靜的開了口：

「這件事的確很棒……但你不覺得很可疑嗎？我覺得返老還童不是一件簡單的事，真的只有返老還童而已嗎？會不會還有什麼其他奇怪的事？」

「嗯……桃公說，調配那種藥時，需要我的壽命。但、但是，只是一點點壽命而已，為了你，我願意。」

安恩用鼻子哼了一聲。

「亞子……你在說謊。我聞味道就知道了，是不是不只一點點壽命而已？」

「呃……」

「我就知道。既然這樣……嗯，我不需要。」

亞子聽到安恩斬釘截鐵的回答，感到很失望。

「但是，這樣就可以救你了啊，既然能救你，不是吃這種藥比較好嗎？」

「我才不要，我不要為了自己可以變年輕，就奪走你的生命。」

「但是……但是，這樣的話，我們以後也可以繼續在一起啊。我想和你在一起，爸爸、媽媽也一樣。安恩，你再好好考慮一下，我們一定要想出最好的辦法。」

因為時間緊迫，亞子著急起來，安恩靜靜的看著她。

「亞子，你自己想清楚了沒有？我一直陪伴在你身旁，從你還是小嬰兒的時候開始，我就一直陪著你。雖然你現在已經比我還要高大了，但我的心始終沒變，我這麼愛你，所以我絕對不能讓你的壽命縮短。如果我這麼做的話，我就不再是我了。你覺得這樣真的好嗎？」

「你不要說這種話嘛！」

亞子終於忍不住哭了起來。

「安恩，我希望你活著！我希望你不要死！」

「亞子……」

「有什麼關係嘛！我們不是家人嗎？既然你很愛我，就不要丟下我，自己去天堂啊！……傻瓜！安恩是傻瓜！」

亞子泣不成聲，安恩露出為難的表情看著她。過了一會兒，牠小聲對亞子說：

「亞子，我不需要返老還童的藥，這一點我是絕對不會讓步的。……但是，我想請你幫一個忙，你願意嗎？」

「幫、幫什麼忙？」

「我想去外面走走，就是以前我們經常去的那個大公園，因為我很久沒有去那裡了。」

安恩說的是離家不遠處的一所占地很大的大學校園，那裡綠樹成蔭，就像公園一樣。即使不是學生，也可以自由進去散步。

亞子原本想對安恩說，現在還有更重要的事，但她突然想到一件事。

以前安恩還很健康時，他們全家人曾經一起去那個校園野餐。他們曾在春天時去賞花，夏天去那裡散步，秋天在那裡撿落葉和銀杏，冬天去那裡玩雪，那裡有他們滿滿的回憶。

也許安恩去了那裡就會改變心意，也許牠會想要活得更久，繼續和亞子一家人在一起。

亞子想到這裡，點了點頭說：

「好，我們馬上就出發。」

她很慶幸目前是冬天，地上積了雪。亞子拿出了兒童雪橇，然後把裹了毛毯的安恩放在雪橇上，拉著雪橇走出門。

雪越下越大，亞子和安恩不發一語的走向大學校園。雖然道路很平坦，但拖了一陣子之後，就覺得雪橇越來越重，手也開始麻了。

亞子沒有叫苦，而是對身後的安恩說：「你還記得嗎？以前你經常拉這個雪橇。」

安恩立刻回答說：「當然記得啊，每逢冬天，你就吵著要坐雪橇，我每次都幫你拉雪橇。有一次我跑得很快，你就哭著說好可怕。你還記得這件事嗎？」

「嗯，因為我沒想到速度會那麼快，但是在那之後，你就非常小心，不再用全力奔跑。……你拉雪橇時會不會覺得累？會不會不舒服？我以前是不是太任性了？」

亞子戰戰兢兢的問，但安恩笑著說：

「沒這回事，無論什麼時候和你一起玩都很開心。如果我還能走得動，很想讓你坐在雪橇上，換我來拉你。」

「只要你返老還童就可以了……這樣我們就可以一起玩了。」

亞子趁這個機會勸說，但安恩沒有回答。

花了三十分鐘，亞子和安恩總算來到目的地：大學校園。

冬天的校園很安靜。秋天的時候，這裡有很漂亮的銀杏樹，但現在樹上的葉子都掉光了，樹枝上積著白雪。

亞子在冰冷的空氣中往前走。

「安恩，你想去哪裡？要往更前面那邊去嗎？」

「不……我們就坐在那裡的長椅上。」

亞子讓安恩坐在長椅上，自己也在牠旁邊坐了下來。

一人一狗在長椅上相互依偎，看著眼前冬天的景色。靜靜的下著雪的景象很美。

安恩把下巴輕輕放在亞子的手上。

「亞子，你還記得嗎？你小時候曾經掉進這裡的水池，我嚇壞了，慌忙跳進去把你拉了出來。」

「嗯……，只有隱隱約約的記憶，因為媽媽整天在說這件事，說你是我的救命恩人。」

「呵呵，你真的很容易跌倒，去海邊的時候，也從防坡堤掉了下去，還曾經從櫻花樹上掉下來。」

「哪、哪有啦。你自己不是也有一次出糗，我們全家一起去鄉下玩的時候，你衝進了牛大便堆裡！結果回家路上，車上都快臭死了！」

「唉，那次是沒辦法。說到臭，你找到的蕈菇才臭死人呢。」

「總比你撿回來的地鼠屍體好多了。啊，我想到了，你還曾經把媽媽的內衣咬爛，那次是我幫你湮滅證據。」

「咦？有這種事嗎？」

「當然有啊，多虧了有我在，你才沒有挨媽媽的罵，你要好好謝我才是。」

他們曾經發生過這樣的事，也曾經發生過那樣的事。他們之間有滿滿的回憶。

亞子突然領悟到安恩想要告訴她的話——

「我們之間有這麼多回憶，有這麼多幸福、快樂的回憶，所以你要記住。只要你記得，即使我離開了，你也可以在回憶中和我相見。」

亞子熱淚盈眶，對著安恩點了點頭，「安恩，我知道了，我已經知道了。……我不會再叫你吃返老還童的藥了。但是……有沒有什麼我可以為你做的事？你有沒有想要什麼東西？或是想吃什麼？你可以儘管說，我都可以給你。」

亞子努力擠出這番話，安恩笑了笑說：「已經足夠了，能夠和你一起再來這裡，……亞子，你長大了，而且力氣也變大了，已經可以一個人把我帶來這裡。」

「安恩……」

「不用擔心，我現在什麼都不需要了，因為你已經給了我這麼多……你和爸爸、媽媽給了我很多、很多我想要的東西。我很幸福，亞子……」

「嗯？」

「抱抱我。」

「嗯、嗯。」

亞子緊緊抱著安恩，安恩心滿意足的嘆了一口氣後，便閉上

了眼睛。

「謝謝你，我、很愛你……，也幫我、轉告爸爸、媽媽，我很愛、他們……」安恩說話越來越小聲，但話語中充滿深情。

三十分鐘後，亞子拉著雪橇回到了家裡。媽媽站在家門口，她一看到亞子，氣急敗壞的跑過來。

「亞子，你去了哪裡！外面下這麼大的雪，你怎麼可以把安恩帶出去！安恩……啊……」

媽媽看著亞子的臉，倒吸了一口氣。她看到了躺在雪橇上一動也不動的安恩。

亞子雙眼通紅，看著媽媽說：「媽媽，安恩、安、安恩說謝謝……，牠說牠很幸福、很幸福……」

雖然亞子滿臉都是淚水，但她還是笑著說這句話。

桃記中藥的桃公坐在那裡等到傍晚。

但是，當星星開始在天上閃爍時，他終於站了起來，拍著草帽上的雪，小聲的說：

「嗯，那個妹妹果然沒有回來，所以青箕……我們走吧。」

咻溜溜——那隻青白色的壁虎爬上了桃公的肩膀。

「啾啾？」

「嗯？你問我是不是早就知道了？嗯，我猜想她應該不會再回來了喲。因為她有了獸心人語糖，應該可以和她的狗深入交談，然後就不會再想要其他的藥了喲。」

「啾啾？」

「你問我沒收錢怎麼辦？青箕，你也太過分了，不要把我想得好像整天都在算計錢的事喲。」

「啾？」

「因為聖誕節快到了喲，大家經常誤以為我是聖誕老人，所以在這個季節，我也想為別人服務一下。……啊、啊啊啾！喔，好冷、好冷，我們去吃點暖和的東西吧。這種時候，味噌拉麵最好吃了。」

桃公把青箕放在肩上，背起木箱，快步走了起來。

桃公的中藥處方箋之2

木偶娃娃心丹

藥的形狀

桃色和棕色，形心的小花紋，大石般實橡的大理。

用法及用量

把心丹放進人偶或是娃娃內，並放入一根自己的頭髮。

作用與功效

可以用來製作分身，分身能代替本尊做各種事情。

使用注意事項

不能因為輕鬆，就過度依賴木偶娃娃，否則會造成危險後果。

獸心人語糖

藥的形狀

看起來，漿糖稠黏的裡在小瓶子裝像金色蜂蜜。

材料

說話蘭的花蜜、獸茸的孢子、心蜂的蜂蜜。

用法及用量

供動物飲用。

作用與功效

可以讓動物說人話。

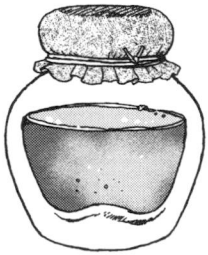

使用注意事項

如果給愛說話的動物吃，可能會很吵，給夜行性動物服用時需特別留意。

第4章 十二生肖的除夕

除夕的夜晚，中藥郎中桃公出現在沒有人煙的山上。

他在山上忙碌不已，嘴裡吐出的氣體都變成了白色。他把各種材料放進研磨缽中磨碎，然後又混合在一起。

最後，桃公開心的停下了手。

「好，完成了！這是湯治到來散喲！」

他完成了差不多一碗分量的粉末，粉末是淡淡的金色，閃爍著光芒。

「嘿喲！」桃公吆喝一聲，把粉末倒在地上。

地面頓時想起了轟轟轟的聲音，接著出現了一個很大的凹洞，好像有一個肉眼看不到的巨人正在挖洞。

沒想到凹洞的深處竟然噗噜噗噜的湧出了白色的溫泉水，四周頓時瀰漫著溫泉的熱氣。

桃公笑了起來。

「嗯嗯，很不錯喲。等溫泉水放滿之前，我先來準備藥膳鍋，這樣就完美無缺了喲。」

桃公說完後，又撿了許多木柴，接著把一個巨大的鐵鍋放在上頭。

桃公在鍋裡加滿了很濃郁的湯汁後，為木柴點了火。

當鍋子裡的湯沸騰了之後，桃公把各種食材放了進去。有各種蕈菇、藥草、辛香料，還有晒乾的樹果和魚骨。大鍋子裡裝滿了五顏六色的食材，散發出香噴噴的味道。

桃公試了一口，用力點著頭。

「好了！桃公特製的跨年藥膳鍋完成了喲！那就來邀請大家開吃喲。」

桃公打開了放在一旁的木箱門，把最下方的抽屜拉了出來。

「喂，各位！年夜飯準備好了喲！」

桃公在說話時，把手伸進抽屜裡，手掌一撈，把許多小動物

帶了出來。

有牛、虎、兔、壁虎、蛇、馬、羊、猴、雞、狗、豬。

每隻動物都像豆粒般大小，但當牠們從桃公的手掌上跳下來時，身體就越變越大，然後外型也變了。

轉眼之間，就變成了十一個穿著奇特衣服的人，有男人，也有女人，還有小孩子，他們臉上都戴著動物面具。

戴著牛面具的高大女人走上前，代表大家說：

「桃仙翁，你今年也準備了食物要款待我們啊。」

「當然喲。」

桃公說完，向十一個人鞠躬說：

「各位年神，今天即將平安的結束，新的一年即將來臨。我們來歡送明年的年神玖佚，同時迎接完成了子年使命的颯乃。」

桃公恭敬的說完後笑了起來。

「正經話就到此為止，各位，藥膳鍋已經完成了，希望各位都開懷大吃喲。我也像往年一樣，為各位準備了泡腳的溫泉，請各位邊泡腳邊慢慢享用。」

「桃仙翁，沒有酒嗎？」

「青箕，你看你！當然有酒喲，但你和亞拓樂兩個人不要把酒都喝光了。」

戴著龍面具的年輕人和戴了老虎面具、身材很壯的女人聽了桃公的話，都把頭縮了起來。

宴會開始了，這十一個與眾不同的人把腳泡在溫泉內，享受著桃公特製的藥膳鍋。

桃公熱情款待他們，不時為他們的碗裡添藥膳鍋，又不斷為大家倒酒。

有時候探頭看看溫泉，丟一些粉末進去，溫泉的顏色和氣味就會發生變化。

有幾個女人看到溫泉變成淡淡的櫻花色時，都發出了興奮的聲音。

「啊喲啊喲，這是可以讓皮膚光滑的溫泉吧，太令人高興了。」

「嗯，我最愛這種櫻花的香氣了。」

「桃仙翁，等一下再麻煩準備有助於改善跌打損傷的溫泉，我在摘桃子時不小心扭傷了腳踝。」

「好的好的，交給我喲。」

「喂，桃仙翁，多來點酒。」

「青箕，你真是的！每年都趁這個時候耍威風。」

「當然啊，因為只有今天晚上，你才不會對我頤指氣使。」

熱鬧和歡樂的時光過得特別快。

溫泉的顏色變了八次，藥膳鍋也吃得差不多了。桃公突然抬頭看向天空。

「差不多半夜了，……玖佚。」

「嗯，我知道。」

戴著牛面具、名叫玖佚的女人靜靜的站了起來。光漸漸籠罩了她的身體。

其他十個人和桃公一起向玖佚鞠躬。

「路上小心。」

「祝你順利守護一年。」

「期待一年後和你相見。」

玖佚對為她送行的夥伴點了點頭，「那我就出發了。」

籠罩她身體的光更加強烈，耀眼的光芒讓其他人都閉上了眼睛。當他們再度睜開眼睛時，玖佚已經不見了，換成一名少女站在他們面前。

這個個子嬌小的少女戴著老鼠面具，頭頂上綁成兩個圓圈的髮型，看起來特別可愛。

大家都興奮的圍著少女，青箕特別高興。

「颯乃，你回來了！嗯！我等你很久了！我終於不用再管桃仙翁的鬍子了！」

「喂，青箕！颯乃才剛回來，你就在說什麼啊！颯乃，你不用理他。」

「歡迎你回來，這一年辛苦你了。」

「颯乃，你努力了一整年呢。」

名叫颯乃的少女聽了大家的話，用力點了點頭。

「謝謝，總算順利完成了使命，……我有點累了。」

「當然會累啊。」

「來，你先來泡腳。桃仙翁，趕快為她準備吃的。」

「我知道喲，我馬上用剩下的藥膳鍋來煮最棒的新年鹹粥喲。保證鮮美好吃，馬上就好，你等一下喲。」

桃公再度忙碌起來。

除夕過後，迎接了元旦。

一年結束，新的一年又開始了。

玖佚掌管的丑年，又會是怎樣的一年呢？

桃公的中藥處方箋之3

湯治到來散

藥的形狀

發出金光的粉末。

用法及用量

撒在地上。

作用與功效

地面會出現一個凹洞，湧出溫泉。

使用注意事項

小心不要撒太多，以免溫泉變得太大，可能會被人類發現呦。

後記

留著桃色鬍子的爺爺扛著一個大木箱，今天出現在西方，明天出現在東方。他的肩上有一隻青白色壁虎。

「有煩惱的人，歡迎光臨，這裡有神奇的藥。」

如果你聽到這樣的吆喝聲，一定要加快腳步跑去追。

因為你的願望或許就能實現了呢。

用《怪奇漢方桃印》藥方，得同理、換無悔

文／林怡辰（彰化縣二林鎮原斗國中小國小部教師）

廣嶋玲子的作品掀起孩子旋風，而在《神奇柑仔店》、《魔法十年屋》等系列之後，多產且風格多變，深入人性又富含幻想趣味，不管延伸寫作或是深入討論，《怪奇漢方桃印》更是不容錯過的集大成。

奇幻、日本文化、妖怪、還有擅長的人性、不同角度的同理，《怪奇漢方桃印》的主角是桃公，身背木箱，頭戴草帽，以及讓客人聽見他「鈴，叮鈴鈴」的響聲才能遇見他。和之前《神奇柑仔店》偏短篇的故事不同，《怪奇漢方桃印》不是比較小的、易見的苦惱、也不是短暫就可以提升的能力；與《魔法十年屋》也不同，《怪奇漢方桃印》也不是著重在物品和時間的價值。《怪奇漢方桃印》故事較長，這兩三倍文字篇幅的長度，對於主角的困境、內心獨白、心境轉折、前後轉念，能更讓讀者同理角色，跟著走一段主角的人生，在議題上，也處理得更加深入，舉凡愛情、親情、友情、生死等皆在其中。

這套書籍的設定，更加貼近真實人生，主角無法簡單就獲得想要的，而是要付出相

當代價，也需要自己嘗試，桃公看似隨意不插手，實則是讓主角們隨著自己的本心去嘗試、體驗。結果不管好壞，桃公都不輕易出手，就像真實人生裡，總是沒有主角威能、一路順風順水這回事。或許可能在初期能嚐到甜頭，然而物極必反，總需要付出代價。直到看見原來自己擁有的珍貴想要挽回時，作者卻是安排讓桃公不再出現。故事最重要的還是主角本身要面對兩難，沒有絕對的對錯，有可能一翻身就是地獄，更有的是最後連桃公的中藥都不依賴了，看清了，轉念了，就看到要走的路了。廣嶋玲子在這套書裡，將鷹架拆得乾淨又俐落，厲害！

從《神奇柑仔店》趣味引入，當孩子有了閱讀興趣之後，《怪奇漢方桃印》更可以看見作者廣嶋玲子想帶著讀者逐步成長的野心，用不同的設定和象徵，每進入一篇故事，就像踏入一個新的魔法世界探險，讓孩子新鮮感十足。清簡的文字，張力十足的情節，節奏明快吸引孩子的眼球，大量的主角背景和自白，讓讀者同理主角的困境，更在敘事中看見不同觀點和角度，隨著故事情節推移，情緒爆發，困境呈現、桃公出現、決定要給什麼處方中藥裡，又重新看見不同角色間的出發點和補足沒有說出的想法，以及漸漸鬆動之前的執著與思考。

看起來什麼都沒有說，卻恰到好處的情節和對話，角色設定和衝突呈現，就把真實人生的一切都說了。書中呈現出來的是無比溫柔，作者廣嶋玲子肯定了人性裡的缺點，不管是小聰明、自私、偷懶、逃避，沒有一句責備，只有接納、理解、感同身受，讀著讀著，自己沒那麼好的部分，也被好好承接住了，讓人讀來很放心。

然後，讀者閱讀時，將自己帶入到角色裡，為著不完美的角色擔心，就像不完美的自己遇到了困難一樣。其實，我們也知道會可能有什麼後果，可是啊，沒有人可以為你負責，在故事或人生裡，還得你自己付出代價，鼓起勇氣，最終都還得是你自己。

當你闔上書頁的時候，彷彿穿著別人的鞋，過了一段別人的人生，有因為寵物即將死亡的傷心飼主、有過於疲累想要逃避休息的媽媽、有欲望延伸很想得到翡翠的幼兒園生、有想要拋下朋友自己逃走的膽小鬼……故事的主角不僅僅只有孩子的身分，更有許多成人的挑戰和掙扎，一個個《怪奇漢方桃印》的藥方中，有親情、愛情、友情、真理、內心的膽小和怯弱、掙扎和自私，還有人性中無法迴避的「惡」。但有這套書的陪伴，我們也不需遇見桃公，闔上書，也等於自己已經開立自己的藥方，看見彼此，學習同理，思考後，做出無悔的選擇。

一直有滿多人會問：為什麼廣嶋玲子的書籍這麼受到讀者們歡迎呢？我想，那是因為在書中，我們被接納了不完美和害怕，看見了自己，覺知了靈魂，當讀完之後，那清澈的目光，看見了下一個路口的選擇，堅定而篤定，這過程，令人著迷！

那些不好受，擊不倒你的！

文／胡展誥（諮商心理師）

什麼時候會覺得心情不好呢？

通常是事情的結果與我們想像不一樣時，我們就會覺得不太好受。好比說：希望可以成為被大家認為很厲害的人，偏偏做了許多努力都辦不到；想要有很多時間做自己想做的事情，偏偏有許多作業、補習、家事等著你去完成……

哎呀！要是這時候可以許個願、讓想要的事情都能成真，那該有多好？

小時候，我有好長一段時間很不快樂，因為我經常被班上同學欺負、體育課因為跑步很慢而被笑、因為考不好或作業寫不完被大人處罰，那段時間我真的很不開心，也常常感到很孤獨、覺得沒有人懂我。

有好多次當我很難受的時候，內心不自覺許願：神啊，請把我變不見吧。

「只要我不見了，這些不快樂也會跟著一起不見了。」對吧？我這麼想。

幸好這個願望並沒有成真，後來我才能夠做喜歡的事情，遇到好多我很喜歡、也很喜歡我的好朋友。

我一直很喜歡閱讀，去品味故事中緩緩道來的情節，感受角色在故事中的情緒與心情變化，就好像是跟著故事中的人物練習過某些經歷一樣，也從中得到一些力量。在《木偶娃娃心丹大反撲》中渴望撿到翡翠、成為朋友眼中很幸運、很厲害的恭平，不管如何努力就是撿不到翡翠，他可能覺得，這個世界一點都不公平；又或是渴望擁有自己的時間，但卻總是忙著做家事、照顧雙胞胎，早已經疲憊不堪，希望能有個代替自己做家事替身的美佳，相信他們都因為自己生活不順心而感到難受。他們的「不好受」，彷彿都有一些我們生活中的影子。

可是，他們在經歷了與桃公的一段神奇際遇之後，並沒有改變現實的狀況，反而都是選擇再次回到原本的生活中，面對自己的課題。努力想要撿到翡翠的恭平，在一番努力之後雖然沒有得到翡翠，而是得到一個很奇特的東西（嘿嘿，這部分留給你去故事中發現囉），反而因此發現了實現夢想的方法；很想要擺脫一切的美佳，到後來發現原來自己原本的生活，雖然辛苦，卻也是和家人之間保持愛與關心的重要管道。

如果你遇到了不開心的事情，像是考試很困難、工作很多、你不太喜歡的同學，或者即將與你很捨不得的人（或狗狗）道別……，請記得，這些事情雖然讓你不好受，可是你也會從這些事情當中獲得很多學習。

你會懂得，其實你身上有很多很棒的部分，你不需要變得更別人一樣，也可以是很棒的人。

你也會懂得，有時候讓你覺得很辛苦的事情，也可以從中獲得幸福，只是我們常常忘了去看見這部分。

你更會懂得，正因為天下沒有不散的宴席、再好的關係都會有分離的一天，所以你會更珍惜還能夠與對方相處的時光。

這些困難不會擊倒你，而是讓你成為更有力量、更棒的人。

我想告訴你的是，生命是一趟漫長的旅程，旅行的過程中有時會遇到下雨、迷路，或者不小心錯過了你原本想搭的公車，這都是正常的。所以，請鼓起勇氣、帶著滿滿的期待，繼續在你的生命之旅探險吧！

喔，對了！當你有些擔心或害怕的時候，請記得翻開《怪奇漢方桃印》，相信它也可以帶給你滿滿的鼓勵唷！

跟著桃公一起動動腦

活動設計／黃百合（兒童文學工作者、書是窩創辦人）

被誤以為是聖誕老人的怪奇桃公，帶著助人的漢方四處旅行，為人解決各種疑難雜症，引領人潛入心靈深淵，挖掘內在良知，重新找回生活的熱情，擁抱甜蜜的負荷，從閱讀中獲得一帖帖消憂解悶的良方。不過，故事中還有更多值得我們想一想的問題，跟著桃公一起動動腦吧！

篇名	延伸思考題
鐵雞藥卵	1. 為什麼桃公想要做出藥蛋，拯救被鐵雞誤食的青箕呢？ 2. 未經同意而取是不對的行為，但如果信也沒有擅自拿走桃公的鐵雞，而是跟直接跟桃公據實以告，你覺得故事會如何發展呢？ 3. 如果桃公請雞神高古力發功，能幫你把時間逆轉，你最想回到哪一段時光？為什麼？

木偶娃娃心丹	1. 過多的家務勞動令美佳身心俱疲，也讓她一開始沉迷有人偶娃娃協助做家事的生活中。為什麼最後她卻不惜代價，也要想盡辦法讓自己的母親角色不被取代？ 2. 如果你也得到一個木偶娃娃心丹，你最想用它為你代勞哪些事？會擔心有什麼後遺症呢？ 3. 說一說，你覺得桃公與青箕對於「木偶娃娃心丹」使用者的態度有哪些異同之處？
獸心人語糖	1. 面對親愛的家人或朋友即將離世，該怎麼做才是最好的安排？ 2. 為什麼亞子一開始堅持要讓安恩考慮使用返老還童藥？如果是你，在聽完安恩的想法後，你會去找桃公幫忙做什麼藥呢？ 3. 如果有一天，動物園裡的動物都吃了獸心人語糖，你認為牠們會說出哪些心聲？
十二生肖的除夕	1. 老祖宗想到用十二生肖來記年，而且沿用至今，你最欣賞哪一個年神動物的特質？為什麼？ 2. 新年對年神們而言，是一個交接、休息、聚會的日子，他們在一年的最後一天要吃火鍋、泡溫泉、煮新年鹹粥。你們家在新年會做些什麼特別的事情嗎？新年對你的意義是什麼呢？ 3. 如果每個人來到世界上都有一個使命，你認為自己的使命是什麼呢？

桃公找分身

扛著大木箱到處趴趴走的桃公，常常幫人解決困擾，助人實現心願，但是煩惱人人有，桃公卻只有一個，實在很難擴大服務，所以請你來擔任桃公的分身，鎖定一位對你來說，最需要接受幫助的人（可具名或不具名），再根據以下的步驟，引導他消除鬱悶想法，放下心中大石。

步驟一

觀察描述

聆聽這個人的心聲，觀察他 / 她的言行舉止，你直接得知或他 / 她間接透露出哪些需要幫助的訊息呢？

↓

步驟二

探究問題

感同身受這個人的遭遇，同理他 / 她的處境，進一步推敲（找出）什麼是造成他 / 她深受困擾的問題癥結？

↓

步驟三

開立處方

發揮想像和創意，開立獨一無二的魔法中藥處方箋，能兼具色、香、味尤佳，也別忘了說明它可達成的神奇功效。

↓

步驟四

良心建議

藥材發揮功效，要搭配健全的心靈，請誠心建議這個人應該如何轉念（正向思考）或改變行為模式才是長久之計。

你可以將自己開的藥方記錄在下一頁中。完成後，請找三位你信任的人，幫你確認這帖漢方的療效。如果得到半數以上的支持，你就可以正式成為桃公的分身，展開自己的《怪奇漢方桃印》代言之旅，代言費用是得到生命中無價的快樂與滿足，桃公也會找時間帶著可愛的青箕和好吃的點心來與你把酒言歡喔！

_____ 中藥鋪

需要幫助的對象：

觀察描述：

探究問題：

開立處方：

良心建議：

怪奇漢方桃印3

木偶娃娃心丹大反撲

作　　者｜廣嶋玲子
插　　圖｜田中相
譯　　者｜王蘊潔

責任編輯｜楊琇珊
封面設計｜點金設計
電腦排版｜中原造像股份有限公司
行銷企劃｜林思妤

天下雜誌創辦人｜殷允芃
董事長兼執行長｜何琦瑜
媒體暨產品事業群
總 經 理｜游玉雪
副總經理｜林彥傑
總 編 輯｜林欣靜
主　　編｜李幼婷
版權主任｜何晨瑋、黃微真

出 版 者｜親子天下股份有限公司
地　　址｜台北市104建國北路一段96號4樓
電　　話｜(02)2509-2800　傳真｜(02)2509-2462
網　　址｜www.parenting.com.tw
讀者服務專線｜(02)2662-0332　週一～週五：09:00~17:30
讀者服務傳真｜(02)2662-6048
客服信箱｜parenting@cw.com.tw
法律顧問｜台英國際商務法律事務所．羅明通律師
製版印刷｜中原造像股份有限公司
總 經 銷｜大和圖書有限公司　電話｜(02)8990-2588

出版日期｜2023年5月第一版第一次印行
定　　價｜320元
書　　號｜BKKCJ095P
ISBN｜978-626-305-455-4(平裝)

訂購服務
親子天下Shopping｜shopping.parenting.com.tw
海外．大量訂購｜parenting@cw.com.tw
書香花園｜台北市建國北路二段6巷11號　電話｜(02)2506-1635
劃撥帳號｜50331356　親子天下股份有限公司

國家圖書館出版品預行編目資料

怪奇漢方桃印. 3, 木偶娃娃心丹大反撲 / 廣嶋玲子文 ; 田中相圖 ; 王蘊潔譯. -- 第一版. -- 臺北市 : 親子天下股份有限公司, 2023.05
208面 ; 17X21公分. -- (樂讀456 ; 95)
國語注音

ISBN 978-626-305-455-4(平裝)

861.596　112003753

《KAIKI KANPOU MOMO JIRUSHI PITTARI NANONE DEKU NINGYOU SHINTAN》
© Reiko Hiroshima / Ai Tanaka 2020
All rights reserved.Original Japanese edition published by KODANSHA LTD.
Traditional Chinese publishing rights arranged with KODANSHA LTD.through Future View Technology Ltd

本書由日本講談社正式授權，版權所有，未經日本講談社書面同意，不得以任何方式作全面或局部翻印、仿製或轉載。

立即購買 >
親子天下 Education · Parenting Family Lifestyle　親子天下 Shopping
親子天下 有聲故事書

你找到了幾隻兔子呢？

答案　０隻：很不好找吧！再接再勵！

１～２隻：厲害！　３隻：名偵探等級　４隻：你是天才！